東坡詞章法風格

析　　論

蒲基維◎著

陳　序

　　風格作為一般術語，乃指「作風、風貌、格調，是各種特點的綜合表現」，而這種表現是多方面的，有建築風格、雕塑風格、音樂風格、服裝設計風格、藝術風格，文學風格等。即以其中的文學風格而言，又有文體、作家、流派、時代、地域、民族和作品等風格之異。如再就其中之一篇作品來說，則又有內容與形式（藝術）風格的不同，而形式（藝術），更有文法、修辭和章法等風格之別。

　　從文學風格來看，在我國，自曹丕〈典論論文〉與劉勰《文心雕龍》開始，對風格概念，就探討、發展得很好，這可由傳統有關的許多論著中得知，而所探討的，大體而言，不外是作家風格、作品風格或文章風格。而對其中之作品風格，大都僅就整體來作綜合探討，卻較少分為內容與形式加以析論，也十分自然地，從文法、修辭和章法等角度來推求其風格的，便更少見，甚至完全看不到。其中章法風格，就是如此；這是由於一直未注意到章法是建立在「陰陽二元對待」的基礎之上的緣故。

　　直接由「陰陽二元對待」所形成之母性風格，為「剛」與「柔」。而我國涉及此「剛」與「柔」的特性來談風格的，雖然很早，如南朝梁鍾嶸的《詩品》、唐司空圖的《二十四詩品》、宋嚴羽的《滄浪詩話》等，它們所談的風格，就有與「剛」、「柔」相接近或類似的，卻還沒直接提到「剛」與

「柔」；就是明末清初的黃宗羲在〈縮齋文集序〉裡，固然以陰陽之氣論文，與「剛柔」有關，也一樣未直接提到「剛柔」。真正說來，明明白白地提到「剛」與「柔」，而又強調用它們來概括各種風格的，首推清姚鼐的〈復魯絜非書〉，他在文中將風格概括爲陽剛、陰柔兩大類，強調以其「剛」與「柔」之「多寡進絀」（多少、消長）可形成不同的風格，如雄渾、勁健、豪放、壯麗等都歸入陽剛類，含蓄、委曲、淡雅、高遠、飄逸等都歸入陰柔類；這就爲風格之研究敞開了一扇大門。

本書作者有志於此，於 2003 年 6 月，即結合辭章章法與風格，以〈章法風格析論－－以蘇軾詞、姜夔詞爲考察對象〉一文獲得博士學位。自此以後，仍繼續作開拓性研究，而發表了多篇論文。這回特地整理研究所得，結集成《東坡詞章法風格析論》問世，以廣流傳，相信會贏得良好之迴響。

忝爲作者博、碩士論文指導教師，在此出版前夕，聊以數語表示祝賀與勉勵的意思。

陳 滿 銘　序於臺灣師大國文系 835 研究室

2005 年 10 月 26 日

東坡詞「章法風格」析論

目　　次

第一章　緒論

　　本章就研究動機、重要之參考文獻，以及研究方法與範圍，概述本論文之架構與內容如下。

第一節　研究動機

　　「章法學」是近幾年才逐漸發展起來的，而「章法」卻是從人類文明發展以來，就已存在的邏輯思維。具體而言，章法所探討的是篇章的邏輯結構，這種邏輯源自於人類共通的理則，創作者雖然日用而不知、習焉而不察，卻很自然地反映在作品之中。[1] 古今辭章學者雖很早注意這些問題，卻總是零星散論，徒有見樹不見林之憾。直至晚近，臺灣師大國文系陳滿銘教授經過多年的努力，才逐漸理出章法的原則、範圍及主要內容，並深入探究章法的哲學基礎與美感效果，從而建構一個完整體系，形成一個新的學門。

　　從章法的哲學基礎來說，章法與章法結構都是在「陰陽二元對待」的基礎上建立起來的，而「陰陽二元對待」又是宇宙創生、含容萬物的根本規律，陳滿銘結

---

[1]　參見陳滿銘〈論章法的哲學基礎〉，臺灣師大《國文學報》第 32 期（2002.12），頁 87-126。

合了中國哲學與西方美學中有關「對立統一」、「多樣統一」的概念，發現足以詮釋宇宙創生規律的「多」、「二」、「一(０)」螺旋結構[2]。所謂「二」就是陰陽二元對待，徹上可以歸於宇宙混元統一的狀態(「一(０)」)，徹下可以統攝宇宙萬物的形形色色（「多」)。因此，合於宇宙自然規律的文學作品，也必然合乎「多」、「二」、「一(０)」的螺旋結構：從創作的角度來說，其形成的是「(０)一、二、多」的順向結構；從鑑賞的角度來看，則形成了「多、二、一(０)」的逆向結構。以具體的章法結構而言，「多」指的是各個輔助結構，「二」為核心結構，「一(０)」則為一篇辭章的主旨及其所形成的風格、韻律、氣象、境界等。由此可知，一篇辭章的風格與章法結構有密切的關聯。我們藉由分析每一結構的陰陽，確定其移位、轉位的強度[3]，最後由核心結構統攝整體結構向陰或向陽的趨勢，以契合辭章抽象的風格，使辭章風格的形成變得有理可說。這就是「章法風格」存在的價值，由於它是從辭章的整體來分析風格，當然與辭章整體的風格最為接近。因此，研究「章法風格」是章法學中的重要範疇，也是從章法學擴充到風格學的重要橋樑，遂以不侫

---

[2] 關於「多」、「二」、「一(０)」螺旋結構的形成及定義，可參見陳滿銘〈論「多」、「二」、「一(０)」的螺旋結構─以《周易》、《老子》為考察對象〉一文，收錄於《章法學綜論》（臺北：萬卷樓，2003 年 6 月初版），頁 459-506。

[3] 關於章法移位、轉位的現象，可參見仇小屏〈論辭章章法的移位、轉位及其美感〉，收錄於《辭章學論文集》（福州：海潮攝影藝術出版社，2002.12 一版一刷），頁 98-122。

之志，決心投入「章法風格」的研究，不僅期望建立「章法風格」的哲學基礎，更希望在傳統形象思維式的風格鑑賞之外，另闢一條運用邏輯思維來評賞風格的道路。這是「章法風格」值得深入探究的原因之一。

　　「風格」是一個範圍極廣、意義極深的概念，它本是人的性格、風度、才情、意念等等的總體表現。表現在各種藝術形式之中，則出現了繪畫風格、音樂風格、雕刻風格、建築風格、戲劇風格、語言風格、電影風格及文學風格等，其中文學風格又有不同的分類，大體而言，不同時代有不同時代的風格，不同民族也有不同民族的文學風格，此外，還有地域、流派、文體、作家及作品等因素所形成的風格類型。在作品（辭章）風格之中，又可以依其表現形式的不同分出主題風格、意象風格、修辭風格、文法風格及章法風格等類型。由此觀之，「章法風格」只是文學作品（辭章）風格中的一個範疇。即使如此，它仍與辭章的整體風格最為接近，而藉由「章法風格」理論基礎的建立，進而探索主題學、文法學、修辭學、意象學等辭章學的其他領域，相信對於建立一個完整的辭章學體系具有莫大的幫助。遂立志窮畢生之力，探索「章法風格」這一深具發展潛力的研究領域，也期待自己以研究「章法風格」為起點，不僅要探索章法學之堂奧，更可一窺整個辭章學的「宗廟之美」。這是「章法風格」值得深入研究的原因之二。

　　宋詞詞風向來有「婉約」與「豪放」之分，以風格陰陽二元的角度來看，婉約詞風偏於陰柔，而豪放詞風則偏於陽剛。東坡在宋詞發展史上具有重要的地位，其

原因在於他將「音樂之詞」轉向「文學之詞」發展，更重要的是他開創了宋詞豪放派的流行，使後代學者多將東坡歸於豪放詞派。事實上，東坡只是豪放詞派的開創者，其作品並非全是陽剛、豪放之風格。我們檢視東坡詞約三百闋的詞風，其中屬於豪放之作品幾近百闋，而與傳統婉約詞風接近的詞作有兩百餘闋，可見東坡詞風應是婉約與豪放兼具的。歷來評論東坡詞的風格仍偏於印象式、直覺式的述評，如果在這些直覺、印象的風格述評之上，運用章法風格的理論仔細推敲其內在的律動，使傳統對於東坡詞的風格述評變得有理可說，相信對於東坡詞風的研究是一大突破。這是東坡詞之「章法風格」值得研究的原因之三。

　　基於上述三個因素，可知東坡詞及其「章法風格」的研究，具有不可抹滅的學術價值與發展潛力，期能盡己淺陋之力，開拓出豐碩的學術果實。

第二節　　重要之文獻資料

　　研究東坡詞之「章法風格」，可供運用的文獻資料非常繁複，在理解融通、博覽約取的過程中，必須力求切要精當；而去蕪刪冗的過程中，更須避免一己之偏見。茲就基本文獻資料、參考文獻資料、輔助文獻資料三方面分言之。

一、基本文獻資料

本論文以「東坡詞」爲考察對象，自須從《東坡樂府》著手。以目前坊間的善本來看，有下列書籍：

龍沐勛《東坡樂府箋》：此書之特色在於「體例詳贍，搜采廣博，於詞之獨到處，尤多發微」[4]，凡研究東坡詞者必備此書。故本論文收錄之東坡詞的內容，皆以此書爲底本。

石聲淮、唐玲玲《東坡樂府編年箋注》：這是研究《東坡樂府》編年的重要文獻，本論文在風格類型之下，即根據此書的編年順序來排定詞作，以論述蘇軾的詞風。

曾棗莊、吳洪澤《蘇軾詞選》：本書雖爲選詞，但是在註釋及賞析方面，頗有可供參考之價值，而所輯錄歷代之詞評，有許多肯綮之論，足以作爲風格評論之重要參據。

根據目前所見資料，蘇軾詞作約三百餘首[5]，我們擇錄風格較爲明顯的作品，並依其內在情理繪成結構分析表，以作爲印證「章法風格」之實用性的重要基本資料。

二、參考文獻資料

「章法風格」的研究涉及章法學及風格學兩大範疇，因此舉凡章法學及風格學的相關著作，皆爲重要的

[4] 見龍沐勛《東坡樂府箋・葉恭綽序》（臺北：商務，1999 年 9 月臺一版 7 刷）。
[5] 龍沐勛《東坡樂府箋》收錄 344 首，石聲淮、唐玲玲《東波樂府編年箋注》收錄 348 首。

參考文獻資料。在章法學方面，近年的研究論著頗為可觀，如：

陳滿銘《文章結構分析》：本書以中學教材為例，將中學教材中的重要詩文繪成結構分析表，並作適度的賞析與說明，由於這是陳滿銘教授早期的論著，部分結構表仍有修改的空間，但其思維脈絡仍是我們繪製結構表時的重要參考。

陳滿銘《章法學新裁》：這是作者第一部關於章法學的論文集，其編選方式乃從近三十年的章法學論文中，選輯二十四篇文章，各包含了不同角度的研究心得，是章法學研究者必須參考的重要文獻。

陳滿銘《章法學論粹》：這是作者第二部章法學的論文集，分為「理論篇」與「教學篇」兩大部分，並附錄近年兩岸學者對於章法學研究成果的述評，其選錄的論文兼具理論與實務，深入淺出地論述章法學的相關概念，頗值得研究之參照。

陳滿銘《章法學綜論》：這是作者第一部有系統地介紹章法學的著作，也是「章法學」成熟的重要里程。其內容包括「章法類型與規律」、「章法哲學」、「章法結構」（含內容結構與「多、二、一（0）」結構所延伸出來的節奏、韻律及風格等問題）、「章法美學」、「比較章法」等重要的章法學範疇，而「章法風格」乃其中的一個領域，當然必須以此論著作為主要的參考文獻。

仇小屏《文章章法論》：這是國內第一部有系統地介紹章法的著作，全書以「章法四大律」為基本架構，從古今文論之中提出關於章法在「秩序」、「變化」、「聯

貫」、「統一」等原則的理論與實例，首度呈現了章法的完整輪廓，是研究章法學必備的參考文獻。

仇小屏《篇章結構類型論》：在《文章章法論》的基礎之上，作者更進一步在陳滿銘的指導下，撰寫具體的篇章結構類型，本書共列舉了三十六種常見的結構類型，並積極探討其淵源和特色，尤其能落實在辭章當中論述，是研究篇章結構類型的重要參考資料。

仇小屏《章法新視野》：此書是仇小屏針對高中「一綱多本教材」所作的辭章結構分析，書中除了分析高中國文課文之外，也提供了具體的結構分析原則，頗值得作為辭章結構分析的重要參考文獻。

夏薇薇《賓主章法析論》：本書是專門針對辭章「賓主法」所作的研究分析。書中探討了「賓主法」的心理與哲學基礎，並以具體的辭章來推就其美感效果，是章法學中首度以單一章法為研究主題的學術論文。

陳佳君《虛實章法析論》：本書專就「虛實法」探討其心理、哲學的基礎，並說明其美感效果。值得一提的是，此書以廣義的「虛實」為研究範疇，除了探討時空的虛實與事理的虛實之外，更涵蓋了「情景法」、「論敘法」、「泛具法」等結構類型，是一部完整呈現「虛實章法」的學術論著。

在風格學方面，海峽兩岸可供參閱的論著亦多，如：

張德明《語言風格學》：作者從宏觀的角度探討風格學的系統，並提出風格學的基本原則，即「整體性原則」、「結構性原則」、「層次性原則」、「環境性原則」、「最佳化原則或優選性原則」，其中的「整體性」、「結構性」

與「層次性」等三原則，對於章法風格的研究具有極大的啟發作用。此外，作者提到「比較法」、「分析綜合法」、「統計法」等風格學的基本方法，其中「分析綜合法」所強調的「整體」綜合與「部分」分析，是章法風格研究值得參照的方法之一。

程祥徽、鄭駿捷、張劍樺《語言風格學》：本書從語言學研究的高度，闡述風格學的淵源及學術含義，並論述語言風格學的研究對象。值得一提的是，本書介紹了具體的風格學研究方法，其中「統計法」（運用統計數據以說明風格現象）、「歸納法」（從作品歸納風格特點）、「比較法」（從比較來看風格系統的一致性），皆以科學方法來研究語言風格，充分達到「科學」、「新穎」、「嚴謹」的論文要求[6]，也值得作為研究章法風格的借鏡。

黎運漢《漢語風格學》：本書乃以語言風格學為基礎，擴及談論語言風格與表達主體、接受主體和表達對象的關係，並從漢文化的特性探索漢語風格形成的要素，尤其著重於表現風格的論述從其含義、類型及形成的規律建構表現風格的體系，是研究風格品類的重要文獻。此外，本書亦論及漢語的個人風格、民族風格與時代風格，是一部兼融各體的風格學論著。

至於古今關於章法、風格各方面的零星散論，也是極為重要的參考資料，對於「章法風格」理論的建立，皆有助益。

---

[6] 見程祥徽等《語言風格學‧王德春序》（桂林：廣西教育出版社，2002年8月第1版），頁1。

三、輔助文獻資料

凡可印證章法風格理論的學說、觀念，以及足以輔助說明東坡詞之章法風格者，都是重要的輔助資料。我們可就三方面說明之：

（一）中西哲學、史學名著：

如中國傳統的《周易》(含《易傳》)、《老子》、《中庸》等哲學著作，及西方有關於結構主義、解構理論、現代主義及後現代思潮的論著，對於「章法風格」哲學基礎的建構，皆有助益；而文學史、哲學史以及美學史等論著，也是溯源「章法風格」理論的重要依據。

（二）心理學、美學論著：

西方的心理學及美學的理論，如「精神分析美學」、「結構主義美學」、「格式塔心理美學」等，及晚近大陸學者所建立的「中國文學美學」體系，皆可以用來詮釋章法的心理基礎與美感效果，更可用來分析「章法風格」之美，是極為重要的輔助資料。

（三）文學理論專書：

關於文法、修辭、文體等文學鑑賞的研究專書，如韋勒克、華倫的《文學論——文學研究方法論》、柯慶

明的《境界的再生》、黃慶萱的《修辭學》等；其他如
史學、社會學、教育學等社會科學的論著，皆具有輔助
研究「章法風格」的價值。

第三節　　研究方法及研究範圍

　　爲提升本論文的學術品質，並利於論文架構的確
立，茲提出幾項重要的研究方法如下。

一、探源辨流，貫串脈絡

　　任何學術理論的建立，不僅要符合宇宙自然的規
律，更要尋求其哲學的基礎。「章法風格」的成立來自
於章法學的理論，同時也符合宇宙自然「多、二、一（０）」
的螺旋規律。本論文爲求「章法風格」理論之完整，遂
從中國哲學論著中（以《周易》、《老子》爲主）尋其哲
學根源，並參酌西方結構主義、解構理論、女性主義觀
點及後現代理論等，期能建立一個周延、完備的理論體
系。故在第二章「章法風格的理論基礎」中，從「章法
結構的陰陽定位」、「章法的移位、轉位」、「章法的多、
二、一（０）結構」等三方面來確立章法風格的理論基礎。

二、詳考衆說，融匯中西

　　學術研究最忌閉門造車，尤其在評賞辭章、褒貶優

劣之際，更須審慎用心，務必詳考眾說，其評斷與己說相同，則不避同；其評斷與己說相異，更須謹慎查證，如立論真確，則當堅持己見。故在第四、五、六章文本的分析研究中，要能詳考各家對於東坡詞的評論，從他們直覺、抽象的風格評賞中去蕪存精，作為確定其風格取向的重要依據。

三、掌握資料，條分類析

本論文在理論建構之外，主要於第四章、第五章及第六章從事作品之證析，針對東坡詞現存三百餘首，擇取歷代具有風格評賞文獻的作品，進行分類考察。

此外，「文本」的掌握關乎研究結果的方向，而正確的分類則是最佳的掌握方式。本論文在為東坡詞的風格作一具體評賞，故不宜用其編年或題材來分類，而應從「風格品類」的角度來劃分。一般而言，風格的基本形態分為「陽剛」與「陰柔」兩大類型，若依照「章法風格」的理論，每一文學作品的風格各有其剛柔的比例與成分，有的作品風格是「剛中寓柔」，有的則是「柔中寓剛」，至於接近「剛柔相濟」風格的作品也存在不少，故可依「剛中寓柔」、「柔中寓剛」及「剛柔相濟」等三種風格類型，作為東坡詞章法風格分類的張本，是掌握文本研究的最佳方式。

四、強調體用，確立系統

　　文學理論與文學作品是互爲體用的兩個方面，我們從文學作品當中歸納分析出文學通則，當然必須將此文學通則回證於作品當中，這與孔子所言「下學而上達」的精神不謀而合。「章法風格」的理論絕非憑空而生，而是從無數作品的分析研究中歸納其規律，再運用先人的哲學智慧以提升其哲學高度，最後仍要回證於文學作品，從多采多姿的文藝創作中，考證其適用性、修正其準確性，才能確立一個完整的理論系統。所以，本論文的章節配置，除第一章「緒論」與第八章「結論」之外，有第二章的理論論述，也有第四、五、六章的作品印證，如此完整的理論提升與作品回證，才得以粹煉出「章法風格」的美感，並進一步確立辭章風格的鑑賞系統。

　　根據上述的研究方法，我們可以確立本論文的研究範圍及章節內容。

　　第一章爲「緒論」。

　　第二章爲「章法風格的理論基礎」。我們試圖追溯「章法結構之陰陽定位」、「章法之移位、轉位」以及「多、二、一(0)」結構等三方面的哲學基礎，進而論述三者與辭章風格的關係，爲章法風格尋得一個完整而嚴密的理論基礎。

　　第三章爲「東坡詞的寫作背景」。乃針對東坡詞作最主要的「自徐州至杭州」、「自密州至黃州」、「離開黃州之後」等三個時期來說明重要詞作的背景，以幫助瞭解東坡詞的義旨與風格。

　　第四章爲「東坡詞『剛中寓柔』之章法風格」。本

章擇取東坡詞十四首，運用章法風格的理論分析作品的內在律動，以確定其剛柔的成分，並適度引用古今學者對於兩家詞作的風格述評，來印證章法風格之理論的合理性與準確性。

第五章爲「東坡詞『柔中寓剛』之章法風格」。本章擇取東坡詞二十三首，同樣運用章法風格的理論來探所作品內在律動所呈現的剛柔比例，並引用古今學者對於詞作之評價，以比較章法風格所分析的「柔中寓剛」之格調與學者之評斷的異同。

第六章爲「東坡詞『剛柔相濟』之章法風格」。本章擇取東坡詞十六首中兼具陽剛及陰柔之風的作品，以章法風格的理論分析其內在陽剛、陰柔的動向，並與學者之風格述評互相闡發，期爲風格鑑賞尋得一個有理可說的途徑。《東坡樂府》共收錄東坡詞三百餘首，本論文所擇取的東坡詞共五十三首，其取捨標準乃根據古今學者的述評內容，凡有涉及風格之評者則取之，無關風格之評論者則捨之，在此一併說明。

第七章爲「東坡詞章法風格的美感效果」。透過第二章的理論建構及第四、五、六章的作品證析，實已完成章法風格體用兼備的理論。本章在此理論體系之上，進一步以「多、二、一（0）」的結構爲基礎，分別從章法風格的「移位、轉位之美」（多）、「調和、對比之美」（二）及「統一、調和之美」（一（0））等三方面，追溯其美學淵源，藉以探索東坡詞的美感效果，並試圖建立一套完整而細密的風格（美感）鑑賞系統。

第八章爲「結論」。

　　「章法學」是辭章學中一門方興未艾的學門，在陳滿銘及其研究團隊的努力耕耘之下，已經獲得豐碩的成果。而「章法風格」理論的提出，代表著章法學體系成熟後的重要里程碑，同時也是從章法學拓展到整體辭章學研究的重要基石。根據以上所列的章節與內容，我們期望可以獲得以下之成果：

一、建立「章法風格」的理論體系

　　我們期望透過哲學的思辨與歷史的貫串，將「章法風格」的理論推向合乎宇宙自然天理的規律；並透過辭章的實際論證，將此理論落實於所有文學作品的風格鑑賞之上，建立一個完整的「章法風格」之理論體系。

二、確認東坡詞「章法風格」的美感效果

　　文學欣賞是藝術鑑賞中的一環，因此尋求其美感效果也是文學欣賞中的重點。「章法風格」既以鑑賞辭章為最大目標，當然更須確認其美感效果，我們更期望透過「章法風格」之美的追求，建立一個求真、求善與求美的辭章鑑賞原則。

三、提供東坡詞風格研究的具體方向

　　自古學者對於東坡詞風格的論述，雖能深中其意象與情理，卻總是來自直覺，而流於主觀。我們期望透過

「章法風格」具有邏輯思維的分析方式，為東坡詞尋得內在邏輯思維與形象思維的脈絡，提供一個客觀、具體的風格研究方向。

四、貫通「章法學」與「風格學」的脈絡

「章法學」與「風格學」是辭章學中的兩大重要領域，透過「章法風格」的理論建構與作品實證，我們期望能夠貫通兩大領域的形式與內容，並推溯其共通的本質與根源，為辭章學研究開拓另一個寬廣而客觀的道路。

第二章 章法風格的理論基礎

辭章是結合「形象思維」與「邏輯思維」而成的。文學作品中的形象思維,包括辭章的「立意」、「取材」及「措詞」等方面的問題;而邏輯思維則涉及辭章的「運材」、「佈局」、「構詞」等技巧。所以,探討辭章風格的形成,也必然關涉這兩種思維體系。[1]「章法風格」的建立,乃利用章法的邏輯思維,探討風格形成的脈絡。由於章法是研究辭章的整體,故運用章法邏輯分析風格形成的規律,應與整體辭章之風格最爲接近。

由此可知,「章法風格」提供了形象分析之外的另一條路,它同章法一樣,都具有高度的邏輯性,故相應於宇宙自然的規律,應可進一步探究其哲學基礎。欲推溯「章法風格」的哲學根源,首先必須確定各種章法的「陰陽」,以作爲判定順、逆的依據;其次,探討章法之「移位」、「轉位」的哲學根源,是爲抽象的辭章風格尋得條理的重要步驟;最後,

---

[1] 文學作品乃結合人類的「形象思維」與「邏輯思維」而成。吳應天:「形象體系中寓有邏輯性,邏輯體系中也包含著形象性,兩者不僅互相聯繫、互相滲透,而且還互相結合、互相轉化。原因在於形象性與邏輯性具有對立統一關係。正由於這個緣故,由於簡明扼要的邏輯系統容易爲人們所理解,而生動具體的形象體系更容易使人感動,所以許多文學作品往往是形象性和邏輯性結合的複合文。」見《文章結構學》(北京:中國人民大學出版社,1989 年 8 月第 1 版),頁 345。又陳滿銘:「合形象思維與邏輯思維爲一,探討其整個體性的,則爲風格學。」見〈論章法與邏輯思維〉,收錄於《章法學論粹》(臺北:萬卷樓,2002 年 7 月初版),頁 19。

闡明「多、二、一（０）」結構的哲學基礎，以整體、宏觀的角度確立風格（０）在此邏輯結構中的定位，從而根據「多樣（多）→對立（二）→統一（一）」的規律，以逆推辭章的風格趨向。本章取中國哲學典籍爲本，並適時對照西方哲學理論，就上述的重點與程序，分節考察其相應的條理，期能爲「章法風格」尋得哲學基礎。

第一節　　從章法結構的「陰陽」定位論章法風格

　　章法結構類型有自成陰陽的對應關係（如「凡目」結構中，凡爲「陰」、目爲「陽」；「賓主」結構中，賓爲「陽」、主爲「陰」等），對於形成辭章風格的「陽剛」、「陰柔」有一定的作用。陳滿銘在〈論辭章的章法風格〉一文論及：

> 章法與章法結構，既然是建立在「陰陽二元對待」，亦即「剛」與「柔」互動的基礎上，當然與「剛柔」風格就有直接關係。而由章法與章法結構來解釋「剛柔」風格之形成，也自然最便利。因此要談章法風格之形成，就必須從章法本身與章法結構之陰陽、剛柔來探討。[2]

可見章法結構的「陰陽二元對待」，與風格的「陽剛」、「陰柔」有密切的關係。本節將探究章法結構「自成陰陽」的哲學根源，並進一步確定各種結構類型的陰陽對應，以作爲探索風格的重要基礎。

一、章法「陰陽」定位的哲學思辨

辭章章法乃根源於宇宙事類、物類「兩相對待」的邏輯[3]。更進一步說,章法是以中國哲學之「陰陽二元」的對待關係為基礎而建構起來的。因此,章法的各種結構類型都可以對應於二元對待關係而自成陰陽。在中國古代的哲學典籍中,對於「陰陽二元對待」的邏輯闡述頗多,而《周易》(含《易傳》)與《老子》的論述最為明顯。

以《周易》(含《易傳》)來說,其「六十四卦」的形成,乃根源於陰陽二爻的錯綜變化,如《易‧說卦》所謂「觀變於陰陽而立卦」,就在說明八卦、六十四卦是以陰陽的各種變化建立起來的。所以《周易》六十四卦也基於陰陽二元對待而形成兩兩相偶的卦象。如:

乾(乾上乾下)與坤(坤上坤下)

需(坎上乾下)與訟(乾上坎下)

師(坤上坎下)與比(坎上坤下)

泰(坤上乾下)與否(乾上坤下)

同人(乾上離下)與大有(離上乾下)

既濟(坎上離下)與未濟(離上坎下)

《周易》運用陰陽二爻的反轉或相對,構成了三十二組兩兩相偶的卦象,而每一組卦象又具有相對的象徵意義或特

---

[2] 見陳滿銘《章法學綜論》(臺北:萬卷樓,2003 年 6 月初版),頁 302。

[3] 陳滿銘:「兩相對待之概念,無論出自《周易》或《老子》,都反映了宇宙人生事類、物類基本的一種邏輯關係,而它們落到辭章上來說,便形成了章法兩相對待(含對比與調和)之通則。」參見〈論章法的哲學基礎〉(臺灣師大國文學報第三十二期,2002.12),頁 99。

性，如《周易‧雜卦》所言：

> 乾，剛；坤，柔。比，樂；師，憂。臨、觀之義，或
> 與或求。……震，起也；艮，止也。損、益，盛衰之
> 始也。大畜，時也；無妄，災也。萃，聚也；升，不
> 來也。謙，輕；而豫，怡也。……兌，見；而巽，伏
> 也。隨，無故也；蠱，則飭也。剝，爛也；復，反也。
> 晉，畫也；明夷，誅也。井，通；而困，相遇也。咸，
> 速也；恆，久也。渙，離也；節，止也。解，緩也；
> 蹇，難也。睽，外也；家人，內也。否、泰，反其類
> 也。……革，去故也；鼎，取新也。小過，過也；中
> 孚，信也。豐，多故也；親寡，旅也。離，上；而坎，
> 下也。……大過，顛也；頤，養正也。既濟，定也；
> 未濟，男之窮也。姤，遇也；柔遇剛也；……夬，決
> 也，剛決柔也。

其中「剛」與「柔」、「樂」與「憂」、「與」與「求」、「起」
與「止」、「盛」與「衰」、「時」與「災」、「見」與「伏」、「速」
與「久」、「外」與「內」、「去故」與「取新」、「多故」與「親
寡」、「上」與「下」等，皆是針對六十四卦所闡述的要義或
特性，也都是兩兩相對的概念。此要義或特性雖未加以辨其
陰陽，卻是根源於陰陽二元而衍生出來的。《周易‧繫辭上》
所謂「天尊地卑，乾坤定矣；卑高以陳，貴賤位矣；動靜有
常，剛柔斷矣」，即已說明宇宙萬物乃以陰（柔）陽（剛）
為基礎衍化而成。陳望衡更進一步說：

> 《周易》中的剛柔也不只是具有性的意義，它也用來象徵
> 或概括天地、日月、晝夜、君臣、父子這些相對立的事物。

> 而且剛柔也與許多成組相對立的事物性質相連屬，如動
> 靜、進退、貴賤、高低，剛為動、為進、為貴、為高；柔
> 為靜、為退、為賤、為低。[4]

即已為「動靜」、「進退」、「貴賤」、「高低」等相對的概念確定
了陰陽（剛柔）。漢代儒者曾針對陰陽定位的學說提出思辨，
如董仲舒就闡述了「陰陽」及其「順逆」的概念，他說：

> 見天數之所始，則知貴賤逆順所在。……陽氣以正月
> 始出於地，生育長養於上，至其功必成也，而積十月；
> 人亦十月而生，合於天數也。是故天道十月而成，人
> 亦十月而成，合於天道也。故陽氣出於東北，入於西
> 北，於發孟春，畢於孟冬，而物莫不應是；陽始出，
> 物亦始出；陽方盛，物亦方盛；陽初衰，物亦初衰；
> 物隨陽而出入，數隨陽而終始；三王之正，隨陽而更
> 起；以此見之，貴陽而賤陰也。故數日者，據晝而不
> 據夜，數歲者，據陽而不據陰，陰不得達之義。……
> 是故孝子之行，忠臣之義，皆法於地也，地事天也，
> 猶下之事上也，地，天之合也，物無合會之義。是故
> 推天地之精，鉉陰陽之類，以別順逆之理，安所加以
> 不在？在上下，在大小，在強弱，在賢不肖，在善惡，
> 惡之屬盡為陰，善之屬盡為陽，陽為德，陰為刑，刑
> 反德而順於德，亦權之類也，雖曰權，皆在權成。是
> 故陽行於順，陰行於逆；逆行而順者，陽也，順行而逆

4　見陳望衡《中國古典美學史》（湖南教育出版社，1998 年 8 月第 1
　版），頁 184。

者，陰也。[5]

董仲舒的思想多為帝王而設，其《春秋繁露》延續了《周易》「扶陽抑陰」的傳統。儘管這種「陽尊陰卑」的學說尚待商榷，而所謂「陽行於順，陰行於逆；逆行而順者，陽也，順行而逆者，陰也」的說法，仍透露了陰陽順逆的次序。如果我們結合季節中陰陽消長的變化來看，一年之中十一月陰氣最盛，而同時一陽生，此後陰氣漸衰而陽氣漸盛，可以看出「由陰而陽」的順行；五月陽氣最盛，而陰氣始萌，此後陽氣漸衰而陰氣漸盛，可以看出「由陽而陰」的逆行[6]。由此推看，則陰陽之間的順逆次序已昭然若揭。

當然，「由陰而陽」的轉移為順行、「由陽而陰」的轉移為逆行的學說，必然牽涉到「陰」為「陽」之根源的概念。這種概念在以《周易》為主的「剛道」哲學中並不易見，卻能在《老子》的「守柔」思想中尋得具體的證據。《老子》對於「陰陽」的闡述不多，而其論述宇宙生成規律提出：

> 道生一，一生二，二生三，三生萬物，萬物負陰而抱陽，沖氣以為和。（第 42 章）

所謂「負陰而抱陽」，不僅說明了萬物「背陰向陽」的特性，更點出了萬物始生是由陰向陽的順行發展。《老子》以此為

---

5 見賴炎元註譯《春秋繁露今註今譯·陽尊陰卑篇》（臺北：商務印書館，1984 年 5 月初版），頁 290。

6 漢代的「卦氣說」，如孟喜四正卦為「坎、離、震、兌」，分配四時——春分出於震，夏至為離，秋分為兌，冬至為坎。「坎以陰包陽，故自北正，微陽動於下，升而未達」；「離以陽包陰，故自南正，微陰生於地下，積而未章。」而冬至在十一月，夏至在五月。參見《孟喜易章句》（漢學堂叢書，清光緒十九年甘泉黃氏刻本）。關於四時與陰陽順逆的問題，曾參考謝奇懿先生的討論，在此一併說明。

基礎，提出許多相反、相對的事物，如：

> 重為輕根，靜為躁君（第 26 章）
>
> 知其雄，守其雌，為天下谿。……知其白，守其黑，為
>
> 天下式。……知其榮，守其辱，為天下谷。（第 28 章）
>
> 柔弱勝剛強。（第 36 章）
>
> 貴以賤為本，高以下為本。（第 39 章）
>
> 天下萬物生於有，有生於無。（第 40 章）
>
> 強大處下，柔弱處上。（第 76 章）

根據《老子》「夫物芸芸，各復歸其根」、「歸根曰靜，是謂
復命」（第 16 章）的原則，萬物具有復歸本性的能力，而「虛
靜」為萬物之本源。故所謂「重」、「靜」、「雌」、「黑」、「辱」、
「賤」、「下」、「無」等概念皆可歸為「柔弱」之屬，而「輕」、
「躁」、「雄」、「白」、「榮」、「貴」、「高」、「有」等則屬「剛
強」之概念。《老子》以為柔弱是剛強的主宰，而剛強亦應
以柔弱為根本。這種主張直接印證了宇宙的陰陽化生中，「陰
柔」具備了主導與根源的質性。

　　在「後現代」思潮鼎盛的當代，西方的「女性主義」強
調個人是一「充滿衝突的主體性形式的場域」[7]，不僅企圖解
構父權思想重視規範與秩序的傳統，更重新審視人類跳躍、
多重的思考本質，當然也批判了部分以男性思維所建構的社
會意識[8]。在她們打破性別藩籬之時，更企圖恢復女性（陰性

---

[7]　參見克利絲・維登《女性主義實踐與後結構主義理論》（臺北：桂
冠圖書公司，1997 年 3 月初版），頁 113。

[8]　以《聖經》為例，上帝以亞當（Adam）的肋骨創造了夏娃（Eve），
傳達出男性創造女性的根源意識；而亞當具備了對事物命名的權
力，則賦予了男性在語言上的優先地位；這些都是當代女性主義所

或具有陰性特質的個體）在語言掌控、族群發展等方面的主導性與本源性。相應於《老子》所強調的「陰柔」哲學，西方的女性主義反映了類似的生成規律。可見章法以「陰陽二元」的對應為基礎，其以「陰」為本、以「陽」為末的思辨是相當正確的。

二、章法的「陰陽」定位與辭章風格的關係

根據上述的思辨，我們為章法結構的陰陽、順逆確立了哲學基礎。換言之，凡事物具有「沈重」、「晦暗」、「卑下」、「虛無」等特質者，多可歸入「陰柔」的範疇；而具有「浮動」、「光明」、「高遠」、「實有」等特質的事物，則多歸入「陽剛」的範疇。因此，根據這種陰陽定位的原則，可以推衍出各種章法本身的陰陽或剛柔，並進一步確定其順逆關係。茲以常見的章法為例，表列如下：

章　法	陰（柔）	陽（剛）	順	逆
今昔法	昔	今	由昔而今	由今而昔
遠近法	近	遠	由近而遠	由遠而近
大小法	小	大	由小而大	由大而小
內外法	內	外	由內而外	由外而內
本末法	本	末	由本而末	由末而本
虛實法	虛	實	由虛而實	由實而虛
正反法	正	反	由正而反	由反而正
立破法	立	破	由立而破	由破而立
凡目法	凡	目	由凡而目	由目而凡
因果法	因	果	由因而果	由果而因

要批評的對象。參見格雷・格林等《女性主義文學批評》（臺北：駱駝出版社，1995 年 7 月一版），頁 211-231。

圖底法	底	圖	由底而圖	由圖而底
賓主法	主	賓	由主而賓	由賓而主
抑揚法	抑	揚	由抑而揚	由揚而抑
點染法	點	染	由點而染	由染而點
情景法	情	景	由情而景	由景而情

我們確知每一種章法的陰陽或剛柔之後，就可以落實到辭章結構之中，判定其順向（陰→陽）或逆向（陽→陰）的移位，以及「陰→陽→陰」或「陽→陰→陽」的轉位。而順向的「陰→陽」所呈現的是趨於陽剛的節奏，逆向的「陽→陰」所呈現的是趨於陰柔的節奏，而且逆向移位的節奏較爲強烈；至於「陰→陽→陰」的轉位更強化了陰柔的力量，而「陽→陰→揚」的轉位所強化的是陽剛的力量。由此可知，在分析辭章整體風格的過程中，章法的「移位」與「轉位」固然是形成風格的重要因素，而先前對於每一種章法的陰陽、順逆，更必須準確地判定，才能作爲順、逆向移位與轉位的重要依據。以唐詩爲例，如杜甫的〈蜀相〉詩云：

> 丞相祠堂何處尋，錦官城外柏森森。映階碧草自春色，隔葉黃鸝空好音。三顧頻煩天下計，兩朝開濟老臣心。出師未捷身先死，長使英雄淚滿襟。

作者以描寫丞相祠堂的實景起筆，繼以「先揚後抑」的筆法虛想蜀漢忠臣的境遇，不僅感懷諸葛孔明的功過，同時也抒發了自身的遭遇。根據詩中的義蘊，可以畫出結構表，並確定各章法之陰陽如下：

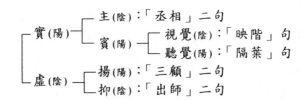

在此結構分析表中，底層的「視覺→聽覺」是「陰→陽」的順向移位；次層的「主→賓」也是「陰→陽」的順向移位，而「揚→抑」則是「陽→陰」的逆向移位；頂層的「實→虛」是全詩的核心結構，其「陽→陰」的逆向移位所產生的節奏，對於整體風格具有決定性的影響。所以判定核心「虛實」結構的陰陽，再結合其他輔助結構如「賓主」、「抑揚」、「知覺轉換」等章法的陰陽消長，是分析此詩風格趨於陰柔的基本步驟。再如劉禹錫的〈送春詞〉云：

> 昨來樓上迎春處，今日登樓又送歸。藍蕊殘妝含露泣，柳條長袖向風揮。佳人對鏡容顏改，楚客臨江心事違。萬古至今同此恨，無如一醉盡忘機。

作者首先點明登樓送春的情境，其後再以「先因後果」的筆法，抒發春來春去、物是人非的惆悵。根據此詩的義蘊，可以畫出結構表，並確定其陰陽如下：

```
┌ 點(陰):「昨來」二句
│
│          ┌ 因(陰) ┬ 賓(陽):「蘭蕊」二句
└ 染(陽) ─┤        └ 主(陰):「佳人」二句
          └ 果(陽):「萬古」二句
```

結構表的底層包含頷聯與頸聯四句，其明確的賓主關係形成結構中「陽→陰」的逆向移位；三層的「點→染」結構無涉於全詩主旨，故全詩的核心結構應落於次層的「因→果」之

中，而其「陰→陽」的順向移位所產生的節奏，也直接影響
全詩的風格偏往陽剛。

可見確定章法與章法結構的陰陽，再結合章法的移位、
轉位現象所分析出來的陰陽，已經非常接近辭章風格的陽
（剛）或陰（柔）。

第二節　　從章法的「移位」、「轉位」論章法風格

宇宙間有一股生生不息的原動力，這股力量推動著萬事
萬物不斷地運動，使之形成秩序，造成變化，並建立彼此的
聯貫而臻於統一的境界。中國古代哲學非常重視這種力量，
如《周易》的「太極」、《老子》的「道」、以及《中庸》所
說的「至誠」等概念，皆在說明這種力量的存在。古人觀察
這種力量而建立了哲學之理，若投射於文學、藝術，同樣可
以見出文學、藝術的發展規律。陳滿銘在〈論辭章章法的四
大律〉中提到：

> 語云：「人同此心，心同此理」，這個「理」換句話
> 說，就是「誠」。它透過人之「心」，投射到哲學上，
> 即成哲學之理；投射到藝術（音樂、繪畫、電影等）
> 上，變成為藝術之理，而投射到文學上，當然就成
> 文學之理了。如進一步將此文學之理落到「章法」
> 上來說，則是「章法」之理，那就是：秩序、變化、
> 聯貫、統一。此四者，不但在心理上以它們為基礎
> 呈現『善』，在章法上也以它們為原則，呈現『真』，

而在美感上更以它們為效果，呈現『美』。」[9]

所謂「秩序」、「變化」、「聯貫」與「統一」，不僅是章法的四大規律，也足以解釋宇宙變動、生成的各種現象，對於各種章法現象，更具有統合、指導的作用。仇小屏在〈論辭章章法的移位、轉位及其美感〉一文中，就以四大律來說明章法「移位」與「轉位」的現象。她說：

> 任何一種文學作品，為了表達不同的情意，其展現的「力」也有所不同。就章法結構而言，合乎秩序律所產生的「力」的改變，稱為「移位」，其章法結構中的二元呈現「本末」的關係；合乎變化律所產生的「力」的改變，稱為「轉位」，其章法結構呈現了「往復」的現象。這兩種力的變化仍有程度上的不同：「移位」的變化程度較為緩和，而「轉位」的變化程度較為激烈。[10]

「移位」與「轉位」各有其美感效果，而推溯其源頭，不僅合於章法的四大律，更合乎宇宙自然的律動。因此，運用哲學的思辨，可以解釋「移位」與「轉位」的現象。本節以《周易》(含《易傳》)、《老子》為考察對象，並結合西方哲學中「結構」與「解構」的概念，期能為章法的「移位」、「轉位」尋得哲學根源，進而探求「移位」、「轉位」與辭章風格的關係。

---

[9] 見陳滿銘〈論辭章章法的四大律〉收錄於《章法學論粹》，頁17。
[10] 見仇小屏〈論章法的移位、轉位及其美感〉，《辭章學論文集》上冊（福州：海潮攝影藝術出版社，2002年12月一版一刷），頁98-122。

一、章法「移位」、「轉位」的哲學思辨

（一）《周易》的「移位」、「轉位」思想

如上節所述，《周易》(含《易傳》)的思想主要是建構在以「陰陽」為基礎的二元對待。也就是以陰（-- ）、陽（— ）二爻的交錯變化衍為四象，再由四象衍為八卦、六十四卦。《易‧繫辭上》所謂「《易》有太極，是生兩儀，兩儀生四象，四象生八卦，八卦定吉凶，吉凶生大業」，即說明了《周易》六十四卦的推衍過程。而六十四卦中，每一卦各有六爻，分處六級高低不同的等次，象徵事物發展過程中所處的地位、條件或身分；六十四卦之間也有其編排次序，不僅揭示諸卦前後相承的意義，也說明了宇宙自然事物相反、相因的發展規律。因此，無論從每卦的「爻位」或是六十四卦的「卦序」來看，皆可透析爻與爻、卦與卦之間的轉移與變化，可用於解釋移位、轉位的現象。

以「爻位」而言，每卦的六級爻位乃由下而上依次遞進，稱為「初」、「二」、「三」、「四」、「五」、「上」。這種由下而上的排列方式，象徵著宇宙萬物生長變化的規律，體現了從低級向高級的漸次進展現象。而《易‧繫辭下》所謂「六者非他也，三才之道也」，及《易‧說卦》所謂「兼三才而兩之」，亦指出天、地、人三才與六級爻位的關係，即初、二象徵「地」位，三、四象徵「人」位，五、上象徵「天」位。依據這些概念，我們可以將六級爻位的基本特點圖列如

下：[11]

当然，各卦之各爻在具體環境及陰陽交疊中有其複雜錯綜的變化，而上圖各爻所敘述的象徵義則概括其大要。從「初爻」到「上爻」的排列，既象徵著事物生長、變化由低級向高級發展的規律，故「初→二→三→四→五」的移動變化，可視為一種簡單的順向「移位」。此外，爻與爻之間也存在其他互動關係。此互動關係基本上分為「乘」、「承」、「比」、「應」四種，凡上爻（為陰）乘凌下爻（為陽）謂之「乘」，而下爻緊承上爻謂之「承」，逐爻相連並列謂之「比」，下卦三爻與上卦三爻兩兩交感對應謂之「應」。「乘」、「承」僅在表現《周易》「扶陽抑陰」的思想，而值得特別注意的是，「爻位的互比關係（比），乃象徵事物處在相鄰環境時的作用與反作用；而爻位的對應關係（應），則象徵著事物矛盾、對立之中所存在的和諧、統一的運動規律。」[12] 由此可知，互比關係可視為爻與爻之間小幅度的移動變化，而對應關係則是爻位之間的大幅度移動，這種具有秩序規律的移動，已包含了順向與逆向兩種移位關係。至於初爻象徵「事物的發端萌

[11] 參見黃壽祺、張善文《周易譯註》（臺北：頂淵文化公司，2000 年 2 月初版），頁 42。

[12] 關於《周易》爻位「乘」、「承」、「比」、「應」的關係，參見黃壽祺、張善文《周易譯註》（同註 11），頁 44。

芽」，發展至五爻的「圓滿成功」已代表著事物移動變化的
一個完整過程，而向上發展至上爻，卻出現了終盡而「窮極
必反」的現象，使爻位呈現「往復」、「循環」的發展趨勢，
若配合「三才」觀之，由「地」而「人」而「天」，再由「天」
而「人」而「地」的往復循環，是一種符合「變化」規律的
移轉，正可以說明萬物生成具有「轉位」的現象。

　　以「卦序」而言，《周易》六十四卦各有其相反、相因
的關係與次序。最直接的證據就是《周易·序卦》針對六十
四卦所提出的編排次序。根據〈序卦〉所言，可得出六十四
卦的排序如下：

乾→坤　→屯→蒙　→需→訟　→師→比　→小畜→履　→泰→否
→同人→大有　→謙→豫　→隨→蠱　→臨→觀　→噬嗑→賁　→剝→復
→無妄→大畜　→頤→大過　→坎→離　　（咸）—————▶
咸→恆　→遯→大壯　→晉→明夷　→家人→睽　→蹇→解　→損→益
→夬→姤　→萃→升　→困→井　→革→鼎　→震→艮　→漸→歸妹
→豐→旅　→巽→兌　→渙→節　→中孚→小過　→既濟→未濟……

從「乾」、「坤」，以至「既濟」、「未濟」，又可歸納出兩兩相
對的三十二組卦。孔穎達《周易正義》對此排序提出說明：

> 今驗六十四卦，二二相耦，非覆及變。覆者，表裡視
> 之，遂成兩卦，「屯」「蒙」、「需」「訟」、「師」「比」
> 之類是也；變者，反覆唯成一卦，則變之以對，「乾」
> 「坤」、「坎」「離」、「大過」「頤」、「中孚」「小過」
> 之類是也。[13]

所謂「覆」，即「反轉成偶」；所謂「變」，即「相對成偶」。

---

[13] 見《周易正義》（十三經注疏本，臺北：藝文）。

[14] 在《周易》六十四卦當中，除了「乾」與「坤」、「坎」與「離」、「頤」與「大過」、「中孚」與「小過」等四組是相對成偶的關係之外，其餘各組卦象均為反轉成偶的關係。而無論反轉或相對關係，〈序卦〉已經注意到卦與卦之間「對比性」的聯繫，這種聯繫即說明了每一組卦與卦之間的互動，也點出了物與物之間的順、逆向移位現象。此外，〈序卦〉說明各卦排序，同時也闡述了卦位產生的原因。戴璉璋先生對此歸納了四點說明：[15]

> 1.相繼衍生：卦名或卦象所表示的事物或事態，在前後兩卦中，後者是繼承前者所衍生的。如：

> > 「需」者，飲食之道也。飲食必有訟，故受之以「訟」。訟必有眾起，故受之以「師」。「師」者，眾也。眾必有所比，故受之以「比」。「比」者，比也。比必有所畜，故受之以「小畜」。物畜然後有禮，故受之以「履」。

> > 飲食（需）引起爭訟（訟），爭訟牽涉眾人（師），眾人自有親比（比），親比引生積蓄（小畜），積蓄導致禮節（履）。這些事物的相繼衍生，並非邏輯上的必然性，而是可能性，〈序卦〉作者即運用這種可能性來強調因果關係的聯繫。

---

[14] 「反轉成偶」的結構如「屯」與「蒙」，「屯」的初、二、三、四、五、上六爻，反轉過來，依次成為「蒙」的上、五、四、三、二、初；「相對成偶」的結構如「乾」與「坤」，其六爻皆為陰陽相對之勢。參見戴璉璋《易傳之形成及其思想》（臺北：文津出版社，1997年2月初版），頁 21-23。

[15] 參見戴璉璋《易傳之形成及其思想》，頁 183-186。

2.**性質關聯**：卦名或卦象所表示的事物或事態，在前後兩卦中，後者是前者的性質。如：

> 「屯」者，物之始生也。物生必蒙，故受之以「蒙」。……「萃」者，聚也。聚而上者謂之升，故受之以「升」。

「屯」、「蒙」二卦相聯，是因為幼稚（蒙）是物之始生（屯）的屬性；「萃」、「升」二卦相聯是由於上升（升）表現了累聚（萃）的性質。

3.**實際需要**：卦名或卦象所表示的事物或事態，在前後兩卦中，後者是前者實際上所需要的。如：

> 夫婦之道不可不久，故受之以「恆」。「恆」者，久也。……井道不可不革，故受之以「革」

「咸」、「恆」二卦相聯，是由於夫婦之道（咸）必須持之以恆（恆）。「井」、「革」二卦相聯，是由於井需要淘治或更新（革）。

4.**逆轉變化**：卦名或卦象所表示的事物或事態，在前後兩卦中，後者是來自前者的逆轉變化。如：

> 「泰」者，通也。物不可終通，故受之以「否」。物不可終否，故受之以「同人」。

「泰」與「否」、「否」與「同人」的相互聯繫，是由於通泰（泰）的事物最後會轉變到閉塞（否）的情況。人處在閉塞的境況中，最後會轉變出與人溝通合作（同人）的品德。

這四點歸納，確實已涵蓋了六十四卦相承相因的原因。事物的相繼衍生、彼此的性質關聯與物物的實際需要，已經點出卦與卦之間「調和性」的聯繫，用此說明宇宙萬物的順向「移位」是相當合理的。而卦與卦之間的逆轉變化，印證了事物皆有「終極必反」的特性，其循環往復的趨勢以隱含著萬物具有「轉位」的現象。至於六十四卦始於「乾」、「坤」，終於「未濟」，〈序卦〉所言「物不可窮也，故受之以『未濟』終焉」，揭示了萬物生成具有無限發展的可能性。也就是說，以「未濟」告終，實則開創了另一個開始，而宇宙萬物就在不斷終始、不斷往復循環的過程中創生。黃慶萱說：

> 《周易》的「周」，有周流義，「易」有變易義，原含「周流變易」之時觀。六爻代表較小規模之周流變易。六十四卦之形成，象徵宇宙萬物在時間之流中演進之情況；六十四卦之次序，又代表較大規模之周流變易。[16]

又說：

> 《周易》每卦六爻，始於初，分於二，通於三，革於四，盛於五，終於上。代表事物的小周流。再看六十四卦，始於〈乾卦〉的行健自強，到了六十三卦的「既濟」，形成了一個和諧安定的局面；接著的卻是「未濟」，代表終而復始，必須做再一次的行健自強。物質的構成，時間的演進，人士的努力，總循著一定的周期而流動前進，於是生命進化了，文

---

[16] 見黃慶萱《周易縱橫談》(臺北：東大圖書公司，1995 年 3 月初版)，

明日益發展。[17]

所謂「終而復始」、「周期而流動前進」，就是在強調其不斷變化、不斷循環演進的宇宙創生論。這個宇宙創生的理論不僅闡明了自然萬物在「秩序」原則下的發展規律，同時也強調萬物的「變化」與「循環」，這正說明了宇宙創生就是一種大的「轉位」現象。可見章法之「移位」、「轉位」早有淵源，並自然符合了人情與事理。

（二）《老子》的「移位」、「轉位」思想

《老子》運用「弔詭」的言辭，在動亂的衰世中建立了一套「正言若反」的語言邏輯。這種反向思考的邏輯，也同時凸顯《老子》思想特別重視宇宙萬物相反、對立的現象。例如：

> 天下皆知美之為美，斯惡已。皆知善之為善，斯不善矣。有無相生，難易相成，長短相形，高下相傾，音聲相和，前後相隨。（第2章）
>
> 曲則全，枉則直，窪則盈，敝則新，少則得，多則惑。（第22章）
>
> 將欲歙之，必固張之。將欲弱之，必固強之。將欲廢之，必固舉之。將欲奪之，必固與之。（第36章）
>
> 明道若昧，進道若退，夷道若纇，上德若谷，大白若辱，廣德若不足，建德若偷，質德若渝，大方無隅，

頁99。

[17] 同註16，頁236。

大器晚成，大音希聲，大象無形，道隱無名。(第 41
章)

上述「美」與「惡」(醜)、「善」與「不善」(惡)、「有」與
「無」、「難」與「易」、「長」與「短」、「高」與「下」、「音」
與「聲」[18]、「前」與「後」、「曲」與「全」、「枉」與「直」、
「窪」與「盈」、「敝」與「新」、「少」與「多」、「歙」與「張」、
「弱」與「強」、「廢」與「舉」、「奪」與「固」、「明」與「昧」、
「進」與「退」、「夷」與「纇」等，皆爲相反、對立的概念，
《老子》運用了許多相反、對立的概念，強調萬物因對立而
形成的秩序，以建立其發展的規律。這種思想是對現實社會
的反動，如果運用黑格爾的辯證法，則屬於「由正到反」的
邏輯[19]。而對立的最終目的仍是統一，只有透過「對立」，
才能呈現事物的另一片面，進而產生「相生」、「相成」、「相
形」、「相傾」的作用，完成一個兼具普遍性（正）與個別性
（反）的整體。因此，《老子》所提出的「對立」，雖然只強
調反面的概念，而基於事物必趨向調和統一的規律，必然隱
含著「由反到正」的力量。可見老子不僅承認事物的衝突，
也承認衝突雙方的互相轉化，因爲任何事物的運動都是從其

---

[18] 「音」指自然之音，「聲」指人聲；或曰「音」爲音響，「聲」爲回
音；兩者說法在概念上仍是相對的。

[19] 在黑格爾的「辯證法」中，事物的概念是「正」；概念所代表的實
在爲個別事例，就否定了概念的抽象普遍性，是「反」；最後是二
者的統一，是「否定的否定」，是「合」。《老子》的思想從否定概
念出發，在黑格爾的「辯證法」中是屬於進一步的「反」的推展。
參見劉福增《老子哲學新論》(臺北：東大圖書公司，1999 年 3 月
初版)，頁 44-56。另黑格爾的「辯證法」，可參見朱光潛《西方美
學史》上冊(臺北：頂淵文化，2001 年 6 月初版)，頁 124。

內在的衝突開始的。[20]「由正到反」是屬於的順向的運動，而「由反到正」則爲逆向的運動，《老子》運用各種概念的「對立」，已清楚地解釋了事物的「移位」現象。

「對立」的概念只是《老子》宇宙生成系統中的一部分。從整體來看，「道」才是老子思想的核心。其言：

> 道生一，一生二，二生三，三生萬物。萬物負陰而抱陽，沖氣以為和。（第 42 章）

從「天下萬物生於有，有生於無」（第 40 章）的觀念來看，「道生一」就是由無生有的過程，而「一」又分化爲陰陽二氣，二氣交合，進而產生「和氣」，如此不斷地交合、不斷地創生，便繁衍成萬物。萬物稟賦著陰陽而生，其陰陽二氣互相激盪所產生的和氣也不斷地調養萬物。可見「負陰抱陽」說明了陰陽之氣可上貫於「一」，更能下貫於萬物，是萬物移動變化的動力，其「陰(正)→陽(反)→和」的衍生過程恰與上述的辯證法不謀而合。從另一具體的角度來看，《老子》所言：

> 道生之，德畜之，物形之，勢成之。（第 51 章）

再次強調萬物固然由「道」而生，也必須各具一德，才能成爲一物。[21] 而「物形之，勢成之」則說明陰陽二氣使萬物成形，外在的氣候水土（勢）使萬物長成。然而「道」之長養

---

[20] 參見張立文《中國哲學邏輯結構論》（北京：中國社會科學出版社，2002 年 1 月第 1 版），頁 147-148。
[21] 道是萬物生成的總原理，德是萬物從這個總原理中所得的一理。參見余培林《新譯老子讀本》（臺北：三民書局，1990 年 11 月九版），頁 86。

萬物，卻是「生而不有、爲而不恃、長而不宰」，目的要使
萬物「歸根」、「復命」於自然。所以，萬物長養並非宇宙生
成的終點，其由靜而動、由動而靜的過程，隱含著一種生命
的週期性。故《老子》曰：

> 有物混成，先天地生。寂兮寥兮，獨立而不改，周行
> 而不殆，可以為天下母。吾不知其名，字之曰道，強
> 為之名曰大。大曰逝，逝曰遠，遠曰反。故道大，天
> 大，地大，人亦大。域中有四大，而人居其一焉。人
> 法地，地法天，天法道，道法自然。（第 25 章）

所謂「大曰逝，逝曰遠，遠曰反」，不僅說明「道」的廣大
無邊，同時也指出「道」具有「歸根」、返回「寂寥」的特
性。因此，「人法地，地法天，天法道，道法自然」的規律，
相對於「道生一，一生二，二生三，三生萬物」的順向發展，
可視爲逆向的復歸過程。這種復歸過程在《老子》書中一再
地被強調，如：

> 致虛極，守靜篤。萬物並作，吾以觀復。夫物芸芸，
> 各復歸其根。歸根曰靜，是謂復命。復命曰常。知常
> 曰明，不知常，妄作凶。知常容，容乃公，公乃全，
> 全乃天，天乃道，道乃久。沒身不殆。（第 16 章）
> 知其雄，守其雌，為天下谿，常德不離，復歸於嬰兒。
> 知其白，守其黑，為天下式。為天下式，常德不忒，
> 復歸於無極。知其榮，守其辱，為天下谷。為天下谷，
> 常德乃足，復歸於樸。（第 28 章）
> 天下有始，以為天下母。既得其母，以知其子；既知
> 其子，復守其母，沒身不殆。（第 52 章）

所謂「萬物並作，吾以觀復。夫物芸芸，各復歸其根」、「常德不離，復歸於嬰兒」、「常德不忒，復歸於無極」、「為天下谷，常德乃足，復歸於樸」、「既知其子，復守其母，沒身不殆」者，在在強調萬物的生長與活動，呈現一個從無到有，再從有反回無的規律。張立文在《中國哲學邏輯結構論》中所言：

> 從老子哲學的邏輯結構中，可以窺見：從「道」（無）開始的運動，通過「一」、「二」、「三」等階段的演化過程，派生了世界萬物；當「道」派生了萬物以後，就開始了「復歸」，最終復歸到「無」（道）。[22]

已說明老子的「道」，即蘊含著一股「循環」、「往復」的力量，宇宙萬物就是依恃著這一股力量而生生不息、循環不止。而姜國柱對於《老子》之「道」更明白強調其「循環」、「往復」的特質。他說：

> 「道」的運動是周行不殆、循環往復的圓圈運動。運動的最終結果是返回其根：「復歸其根」、「復歸其樸」。這裡所說的「根」、「樸」都是指「道」而言。「道」產生、變化成萬物，萬物經過周而復始的循環運動，又返回、復歸於「道」。老子的這個思想帶有循環論的色彩。[23]

這裡所謂的「循環論色彩」，已明白揭示《老子》思想所蘊

---

[22] 見張立文《中國哲學邏輯結構論》，頁 147。

[23] 見姜國柱《中國歷代思想史・先秦卷》（臺北：文津出版社，1993年 12 月初版），頁 63。

含的宇宙創生的原始規律，用以詮釋事物的「轉位」現象，
是非常合理的。

（三）中、西哲學對於詮釋「移位」、「轉位」的異同

透過對《周易》與《老子》的分析，可以見出中國哲學
圓融而深廣的特質。相較於當代西方哲學（含美學）的發展，
「結構主義」與「解構理論」可以和章法四大律中的「秩序
律」與「變化律」互相參照，進而推演出西方哲學所詮釋的
「移位」與「轉位」現象。

「結構主義」的發展可以溯源到索緒爾（Saussure，
1857-1913）的語言學理論。他認為人的「言語」（parole）
行為儘管千差萬別，但都有共同的內在結構（「語言」
（language））。其語言學理論中的語言／言語、能指／所指、
歷時／共時等二元對立的概念，是結構主義的思維基礎。其
後李維・史陀（Claude Levi –strauss，1908-　）的《結構人
類學》從人與土地（文化／自然）的關係來分析希臘神話的
共同結構，同樣是運用二元對立的結構來闡釋人類及社會的
發展規律，使結構主義的理論趨於成熟。然而我們必須知
道，結構主義「是以封閉的語言系統作為意義的提供者，並
在系統優先性的前提之下，將文學研究帶入另一種形式主義
的道路」[24]，其所強調的二元分立思維，固然為文學批評提
供了一個恆定的模式，並強調文學中的深層結構，卻忽略了
語言在恆定系統之外，也存在著變動、跳躍的特質。

---

[24] 見許琇禛《台灣當代小說縱論》（臺北：五南圖書公司，2001 年 5
月初版），頁 49。

　　所以，解構理論的興起，就是針對結構主義所強調的語言系統真理性而提出質疑。如法國學者德里達（Jacques Derrida，1930—　）認爲，通過解構（deconstruction），二元對立的態勢可以部分地被削弱，或者在分解文本意義的過程中，可以看到對立的兩項在一定程度上互相削弱對方的力量。解構並非爲了證明這種意義的不可能，而是在作品（構）之中，解開、析出意義的力量（解），使一種解釋法或意義不致壓倒群解。[25] 由此可以推知，結構主義所強調的二元對立，在解構理論看來，其對立的兩方是可以互相轉化的。

　　法國另一文學理論家羅蘭‧巴特（Roland Barthes，1915-1980）則企圖消解索緒爾的符號理論。索緒爾認爲，語言是作爲「能指的語音」和作爲「所指的概念」的結合。所以，語言中的能指（signifant）與所指（signifie）是同時存在的。而羅蘭‧巴特卻強調，語言的能指和所指並不能構成索緒爾所謂的完整、固定的符號。因爲他發現，語言中每一所指的位置都可能被其他能指取代過，能指所指涉的與其說是一個概念（所指），不如說是另一些能指群，這就導致能指與所指的分裂。因此，文本（text）中的語詞符號就不再是明確固定的意義實體，而是一片「閃爍的能指星群」，它們可以互相指涉、交織、複疊。[26] 這理論已瓦解了結構主義學者所賴以持論的封閉的語言系統，同時也凸顯了解構理論所強調的語言的變動性與不確定性。

　　透過結構主義與解構理論的認知，可以發現當代西方哲

---

[25] 參見朱立元等《西方美學通史‧二十世紀美學(下)》（上海文藝出版社，1999 年 12 月第 1 版），頁 364。
[26] 同註 25，頁 154。

學正在演化、還原一個知識生成的原貌。解構理論雖因結構主義而起，卻重現了知識（真理）在建構「秩序」之前的「混沌」。若求其同而不求其異，中國《周易》的「周流變易」與《老子》的循環論，早已洞悉「變化→秩序→變化」的宇宙觀，對照於西方哲學的結構與解構，確實有相通之處。

　　章法奠基於「陰陽二元對待」的哲學，其移位現象就是在「陰」與「陽」有秩序的變動中形成順逆，與西方結構主義所強調的「秩序」是一致的。更值得一提的是，章法的轉位現象以「變化」原則為基礎，我們在中國哲學的「循環論」中找到了它的哲學根源，更可以相應於西方解構理論所謂「變動」、「消解」的概念。可見章法的移位與轉位可以用來透析辭章深層結構中的節奏與韻律，更能還原辭章所具備的變動、跳躍的思維，它不僅是檢視抽象風格的必要條件，更是破除「章法是僵化、硬套」等謬論的利器。

二、章法的「移位」、「轉位」與辭章風格的關係

　　從上述思辨得知，《周易》與《老子》蘊含了「移位」、「轉位」的思想是可以被確定的，同時也印證了宇宙自然的生成與發展確實存在著「移位」與「轉位」的力量。而辭章章法源於自然的規律，必涵容這兩種力量而形成不同的節奏與韻律。茲舉幾種章法為例，表列說明章法的移位、轉位如下：

	移　　位		轉　　位
結構單元	正→反(順)	反→正(逆)	破→立→破
	凡→目(順)	目→凡(逆)	點→染→點
	點→染(順)	染→點(逆)	圖→底→圖
章法單元	先正後反→先凡後目(順)	先目後凡→先反後正(逆)	「正→反」與「反→正」
	先本後末→先虛後實(順)	先實後虛→先末後本(逆)	「點→染」與「染→點」
	先因後果→先論後敘(順)	先敘後論→先果後因(逆)	「圖→底」與「底→圖」

　　章法的移位與轉位所產生的力量並不相同，順向移位與逆向移位的力量亦有所差別。也就是說，順向移位所產生的力度較爲穩定流暢，逆向移位的力度則因爲逆勢而變得較爲激盪騷動，至於轉位乃結合順、逆兩種力量，在往復變化中所形成的力度比前二者更爲強大。這三種力量本身雖有陰陽之分，卻不足以確定章法結構的「陰」、「陽」，而是要看章法結構或單元內部的運動方向而定，如果結構或單元是向「陰」移動，則加強的是陰柔的力度；而結構或單元是向「陽」的方向移動，則加強了陽剛的力度。[27] 因此，在每一個文學作品所呈現的「多、二、一(0)」結構當中，可以先確定核心結構（二）是向陰或向陽的移位或轉位，其次徹下結合其他輔助結構（多）所呈現的向陰或向陽的力度，最後徹上結合辭章主旨（一），那麼幾乎可以確定辭章整體向陰力度與向陽力度的多寡強弱。而辭章風格（0）本是一種抽象力量的表現，其主要型態可歸結爲「陽剛」與「陰柔」兩類[28]。我們運用移位、轉位的觀念所推測出來的向陰或向陽的力

---

[27] 參見陳滿銘《章法學綜論》，頁305。
[28] 參見第二章第二節的論述。

度，應與這種抽象力量相當地接近。以宋詞為例，如張孝祥
的〈西江月〉：

> 問訊湖邊春色，重來又是三年。東風吹我過湖船，楊
> 柳絲絲拂面。　　世路如今已慣，此心到處悠然。寒
> 光亭下水連天，飛起沙鷗一片。

這闋詞表現了歷盡世事炎涼之後的坦然與自在。作者因為主
戰的思想與當朝議和派不合，逐兩度被彈劾落職，而宦海的
風波不僅磨去了他年少的銳氣，也使他內心逐漸萌生一種回
歸漁樵、排遣世情的襟懷。約在南宋高宗紹興三十二年春，
作者自建康返回宣城，途經溧陽時，藉這闋〈西江月〉表達
了內心的寫照。全詞以寫景起筆，景中的「東風」、「楊柳」，
點燃了心中「世路已慣」、「此心悠然」的情懷，其後以結情，
藉「山水」、「沙鷗」傳達內心舒坦開闊的襟懷。根據全詞的
義蘊可以畫出結構表，並確定其陰陽如下：

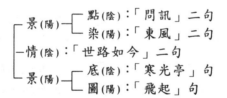

從結構表可以看出，底層是由「點→染」與「底→圖」的順
向移位構成，而次層以「景→情→景」的轉位形成，是全詞
的核心結構。故整體辭章之移位與轉位所形成的韻律可用下
圖表示：

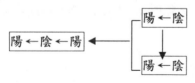

「點→染」與「底→圖」所強化的都是向「陽」的力度，而
「景→情→景」的轉位所產生的向「陽」的力度更為強烈，
可見整闋詞所呈現的是偏「陽」的節奏，對於形成「陽剛」
的詞風有極大的影響。再如陸游〈秋波媚〉：

> 秋到邊城角聲哀，烽火照高臺。悲歌擊筑，憑高酹酒，
> 此興悠哉！　　多情誰似南山月，特地暮雲開。灞橋
> 煙柳，曲江池館，應待人來。

這首作品含蓄地傳達作者誓復中原的願望，約在南宋孝宗乾
道八年，陸游年約四十八歲，正身在邊疆，藉這闋〈秋波媚〉
抒寫了內心堅定而樂觀的愛國情操。全詞以實筆入手，藉視
覺與聽覺的襯托，凸顯出主角擊筑、暢飲的興致；下片落入
虛想，以長安終南山上的明月，及長安城中「灞橋煙柳，曲
江池館」的景物，傳達了思念故土、恢復中原的美志。據全
詞義蘊，可畫出結構表及其陰陽如下：

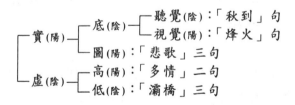

結構表的底層以「視覺→聽覺」的順向移位構成；次層「底
→圖」亦為順向移位，而「高→低」則為逆向移位；三層的
「實→虛」為逆向移位，是全詞的核心結構。故全詞之移位
所形成的韻律可用下圖示之：

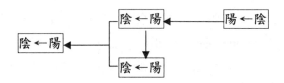

底層的「視覺→聽覺」與次層的「底→圖」皆爲順向移位，故所呈現的是偏於「陽」的力度；而次層的「高→低」所形成「陽→陰」的逆向移位，其呈現的是趨於「陰」的力度，此力度比前二者強烈；上貫至三層的「實→虛」結構，亦爲逆向的移位，由於是核心結構所在，其偏於「陰」的力度具有主導整體辭章韻律的作用，若結合二層偏「陰」之勢，並呼應作者含蓄的表現手法，則全詞偏「陰柔」的詞風已經非常明顯了。

從上述實際作品來看，章法的移位與轉位對於辭章風格的形成，確實存在著極大的作用。

第三節　從「多、二、一(○)」的結構論章法風格

所謂「風格」，是指具體事物所展現出的抽象力量或格調。就文學的層次而言，指的是辭章之思想內容與藝術形式的總體表現。[29] 既是辭章的總體表現，則必然可以從景(物)事、情理、意象、修辭等形象思維，及語法、章法等邏輯思維當中尋出辭章的整體風格。從創作的角度而言，作家以自身的才性爲本，首先確立一個中心思想（主旨），再以形象

---

[29] 穆克宏：「文學風格是文學作品的思想內容和藝術形式的總的特色。」見〈劉勰的風格論芻議〉(《福建師大學報》1980 年第 1 期，頁 61)。

思維與邏輯思維融合運作，發為辭章，以完成涵蓋多方面要素的文學作品，這是一個由「統一」而「多樣」的順向過程；從鑑賞的角度而言，我們透過對辭章材料的理解，從外圍的「景（物）事」以探索核心的「情理」，進而梳理出辭章的中心思想（主旨），並透過各種形象分析與邏輯推理，以確定辭章的風格取向，這是一個由「多樣」而「統一」的逆向過程。一般而言，我們談論風格多從鑑賞的角度入手。在這逆向過程中，透過形象思維以確定風格的方式，是屬於直覺的分析，鑑賞者憑藉著自身的學養，頗能準確地判定辭章的風格，卻往往訴諸直覺而缺乏條理性；而邏輯系統的簡明扼要，適足以釐清這一過程的條理，如語法邏輯有助於字句條理的釐清，而章法邏輯則涵蓋了辭章的整體表現，對於風格的形成更具有決定性的地位。因此，欲探求辭章風格的生成規律，可從邏輯結構入手，而章法的「多、二、一（０）」結構則提供了探索風格的可行之路。本節將探討「多、二、一（０）」結構的哲學根源，並進一步闡述此邏輯結構與辭章風格的關係。

一、「多、二、一（０）」邏輯結構的確立

在美學或哲學的範疇中，對於審美原則或變化規律，有所謂「多樣的統一」、「對立的統一」[30] 等概念，這幾種概念

---

[30] 西方美學的發展，在古希臘哲學家如畢達哥拉斯學派所提出的「和諧來自對立」、「和諧是不同因素的統一」等觀念，以及赫拉克利特所強調的「對立的統一」，皆有類似的概念。參見《西方美學通史》，第一卷《古希臘羅馬美學》，頁 67、87。

再加以融合、分析,則可以尋出「多、二、一(0)」的邏輯結構。這種邏輯結構普遍存在於西方與中國的哲學當中,卻因爲中、西哲學家側重角度的差異而被忽略。事實上,在「多樣」與「統一」之間,應存在著以陰(柔)陽(剛)爲基礎的二元對待,對上復歸於「統一」,對下統攝了「多樣」。陳滿銘說:

> 我們的祖先,生活在廣大「時空」之中,整天面對紛紜萬狀之現象界,爲了探其源頭,確認其原動力,以尋得其種種變化的規律,孜孜不倦,日積月累,先後留下了不少寶貴的智慧結晶。大致說來,他們先由「有象」(現象界)以探知「無象」(本體界),再由「無象」(本體界)以解釋「有象」(現象界),就這樣一順一逆,往復探求、驗證,久而久之,終於形成了他們的宇宙觀。而這種宇宙人生觀,各家雖各有所見,但若只求其同而不求其異,則總括起來說,都可以從「(0)一、二、多」(順)與「多、二、一(0)」(逆)的互動、循環而提昇的螺旋關係上加以統合。[31]

這種順向與逆向的互動、循環,確實呈現了宇宙層層推展、循環不息的原始規律。而「多、二、一(0)」的逆向結構,適足以用來探求辭章風格的形成規律。

我們古代賢哲,在多樣、多變的現象界中,歷經千百歲月的探求,逐漸理出現象的本質,展現了「有象而無象」的

---

[31] 見〈論「多」、「二」、「一(0)」的螺旋結構—以《周易》與《老子》爲考察重心〉,收錄於《章法學綜論》,頁 459-506。

歸根歷程[32]。從零星的學說到系統化的發展，可大致分為三方面來看：

(一)「多、二、一(0)」結構的雛形

「多、二、一(0)」的結構，經過了一段長久的歷程才逐漸形成。在《周易》與《老子》之前，已有許多古籍論及相關的概念，可以視為此結構的雛形。[33] 如《尚書·洪範》的五行說提到「認知事物簡單的多樣性」[34]，及《管子·地水》「水作為世界多樣性的統一」[35] 的說法，已涉及「多樣」、「統一」的概念。而更值得我們注意的是，春秋時代的史伯與晏嬰所提出的「和」與「同」的概念。《國語·鄭語》曾記載史伯為鄭桓公論周朝興衰提到：

> 公曰：「周其弊乎？」對曰：「殆於必弊者也。泰誓曰：
> 『民之所欲，天必從之。』今王棄高明昭顯，而好讒
> 慝暗昧；惡角犀豐盈，而近頑童窮固。去和而取同。
> 夫和實生物，同則不繼。以他平他謂之和，故能豐長
> 而物歸之；若以同裨同，盡乃棄矣。故先王以土與金

---

[32] 同註 31。

[33] 參見陳滿銘〈論「多、二、一(0)」的螺旋結構─以《周易》與《老子》為考察重心〉，收錄於《章法學綜論》，頁 459-506。

[34] 張立文：「《洪範》中五行說只是認知事物簡單的多樣性，但已深入到事物之間的聯繫和差別中去研究，為進一步認知事物的本質開闢了思路和途徑。」見《中國哲學邏輯結構論》，頁 110。

[35] 張立文：「水無所不在，無處不有，集於天地，而藏於萬物。產於金，集於諸生，自然界現象的無限多樣性生於水，水便成為世界多樣性的統一。管仲認為，水作為世界多樣性的統一，不僅包括自然界，而且還包括社會意識領域以及人的性格等等。」見《中國哲學邏輯結構論》，頁 113。

> 木水火雜，以成百物。是以和五味以調口，剛四支以
> 衛體，和六律以聰耳，正七體以役心，平八索以成人，
> 見九紀以立純德，和十數以訓百體。出千品，具萬方，
> 計億事，材兆物，收經入，行？極。故王者居九？之
> 田，收經入以食兆民，周訓而能用之，和樂如一。夫
> 如是，和之至也。於是乎先王聘后於異姓，求才於有
> 方，擇臣取諫工而講以多物，務和同也。聲一無聽。
> 物一無文，味一無果，物一不講。王將棄是類也而與
> 剗同。天奪之明，欲無弊，得乎？」[36]

史伯認爲周朝衰弊之因在於周王「去和而取同」。在此他提
出了「和」的抽象概念，並擴充《尙書・洪範》的五行說，
具體地從四支、五味、六律、七體、八索、九紀到十數、
百體、千品、萬方、億事、兆物、經入（或作京，爲萬兆）、
垓極（萬萬兆），體認到事物具備多樣性與多元性的衝突融
合。所謂「以他平他謂之和，故能豐長而物歸之」就是這
種多樣事物的融突，所以「和」才能豐長萬物；相對地「同」
則是無差別的絕對等同，是相同事物的相加，不能產生新
的事物，而萬物也就不能繼續發展。[37] 由此可見，史伯所
提出的四支、五味、六律、七體、八索、九紀、十數、百
體、千品、萬方、億事、兆物、經入、垓極，就是「多」
（多樣），而「和」就是「一」（統一），如此形成了「多而
一」的結構。[38]後來晏嬰對「和」與「同」的區別，作了

---

[36] 見易中天《新譯國語讀本》（臺北：三民書局，1995 年 11 月初版），
頁 707-708。
[37] 參見張立文《中國哲學邏輯結構論》，頁 22-23。
[38] 參見陳滿銘〈論「多、二、一（0）」的螺旋結構─以《周易》與《老
子》爲考察重心〉收錄於《章法學綜論》，頁 459-506。

更進一步的論述。《左傳·昭公十二年》記載晏嬰諫齊侯，提到了「和」與「同」的問題，其云：

> 齊侯至自田，晏子侍於遄臺，子猶馳而造焉。公曰：「唯據與我和夫！」晏子對曰：「據亦同也，焉得為和？」公曰：「和與同異乎？」對曰：「異。和如羹焉，水、火、醯、醢、鹽、梅，以烹魚肉，燀之以薪，宰夫和之，齊之以味，濟其不及，以洩其過。君子食之，以平其心。君臣亦然，君所謂可而有否焉，臣獻其否以其可；君所謂否而有可焉，臣獻其可以去其否；是以政平而不干，民無爭心。故《詩》曰：『亦有和羹，既戒既平。鬷嘏無言，時靡有爭。』先王之濟五味、和五聲也，以平其心、成其政也。聲亦如味，一氣、二體、三類、四物、五聲、六律、七音、八風、九歌，以相成也；清濁、小大、短長、疾徐、哀樂、剛柔、遲速、高下、出入、周疏、以相濟也。君子聽之，以平其心。心平，德和。故《詩》曰：『德音不瑕』。今據不然。君所謂可，據亦曰可；君所謂否，據亦謂否。若以水濟水，誰能食之？若琴瑟之專壹，誰能聽之？同之不可也如是。」[39]

「同」是同一事物的加多或重複，如「以水濟水」、「琴瑟之專壹」等現象即是。[40] 晏嬰的說法與史伯並無太大的差別；而晏嬰所謂的「和」，是指「一氣、二體、三類、四物、五

---

[39] 見洪順隆《左傳論評選析新編》（臺北：中國文化大學出版部，1982 年 10 月初版），頁 915。

[40] 參見張立文《中國哲學邏輯結構論》，頁 22-23。

聲、六律、七音、八風、九歌」之「相成」，已經溯及「一、二、三」的根源；同時亦指「清濁、小大、短長、疾徐、哀樂、剛柔、遲速、高下、出入、周疏」之「相濟」，如此進一步呈現了多樣性中的「對待」關係，形成「二」的雛形。這種對待觀念的出現，對於《周易》（含《易傳》）與《老子》「二元對待」的哲學，具有明顯的啟發作用。

（二）《周易》中的「多、二、一（０）」結構

《周易》（含《易傳》）以陰陽二元的基礎形成了八卦，其可以分成四組兩兩相對的卦象，即乾「三連」而坤「六斷」、震「仰盂」而艮「覆碗」、離「中虛」而坎「中滿」、兌「上缺」而巽「下斷」。所謂「三連」與「六斷」、「仰盂」與「覆碗」、「中虛」與「中滿」、「上缺」與「下斷」，正是兩相對待的關係，形成一種簡單的「二元對待」之邏輯結構。[41] 復由八卦推衍出六十四卦，以象徵或反映宇宙人生的種種規律，其卦象雖趨於複雜，依然存有「二元對待」的關係。宋儒依伏羲先天八卦「乾兌離震巽坎艮坤」的次序，分別「由下而上」及「由右而左」排列，重疊成六十四卦。如下表[42]：

---

[41] 參見陳滿銘〈論「多、二、一（０）」的螺旋結構—以《周易》與《老子》為考察重心〉，收錄於《章法學綜論》，頁 459-506。
[42] 見邵雍《皇極經世・觀物內篇》及朱熹《周易本義》。

坤	艮	坎	巽	震	離	兌	乾	上卦／下卦
坤	剝	比	觀	豫	晉	萃	否	坤
謙	艮	蹇	漸	小過	旅	咸	遯	艮
師	蒙	坎	渙	解	未濟	困	訟	坎
升	蠱	井	巽	恆	鼎	大過	姤	巽
復	頤	屯	益	震	噬嗑	隨	無妄	震
明夷	賁	既濟	家人	豐	離	革	同人	離
臨	損	節	中孚	歸妹	睽	兌	履	兌
泰	大畜	需	小畜	大壯	大有	夬	乾	乾

從上表得知，否卦乃由「乾上坤下」重疊而成，相對於泰卦之「坤上乾下」，兩者形成明顯的對應，而《易·雜卦傳》云：「否、泰，反其類也」，在卦的特性上更具有對待關係。其他卦象如：

> 遯與大畜、訟與需、姤與小畜、無妄與大壯、同人與大有、履與夬、萃與臨、咸與損、困與節、大過與中孚、隨與歸妹、革與睽、晉與明夷、旅與賁、未濟與既濟、鼎與家人、噬嗑與豐、豫與復、小過與頤、解與屯、恆與益、觀與升、漸與蠱、渙與井、比與師、蹇與蒙、剝與謙。

透過八卦的重疊衍生，形成了上述兩兩相偶、互為對比的卦象，它們都存在著明顯的二元對待關係。此外，卦與卦之間，

也有顛倒相對的情況，如「損與益」、「大畜與無妄」[43] 等；有左右陰陽相對的情況，如「小過與中孚」、「頤與大過」[44]等。這些對待關係，皆可稱之為「異類相應的聯繫」[45]。

　　相對於異類相應的聯繫，也必然存在「同類相從的聯繫」，這種「同類相從的聯繫」是從史伯、晏嬰所說「同」的概念而來。而史伯、晏嬰之「同」，是指「相同事物的加多或重複」；到了《周易》則為同類事物的「相從」，如上表六十四卦中的乾(乾上乾下)、兌(兌上兌下)、離(離上離下)、震(震上震下)、巽(巽上巽下)、坎(坎上坎下)、艮(艮上艮下)、坤(坤上坤下)，其上卦與下卦的重疊是以乾與乾、兌與兌、離與離、震與震、巽與巽、坎與坎、艮與艮、坤與坤等同一卦象所成，這就構成了「同類相從的聯繫」。因此，異類相應的聯繫可以視為「對比性的對待」，而同類相從的聯繫就是「調和性的對待」了。

　　綜上所言，《周易》六十四卦象徵著宇宙人生的各種變化，每個卦象各自形成了「多樣的二元對待」，此為「多」；至於六十四卦分為「同類相從」與「異類相應」之兩種對待型態，歸納出「調和性」與「對比性」的對待方式，而一切的「對比」與「調和」，都是陰、陽相對、相交、相和的結果[46]，故知六十四卦的衍生，即以陰陽二爻的交錯變化而成。

---

[43] 《周易・雜卦傳》：「損、益，衰盛之始也。大畜，時也；無妄，災也。」說明其特性形成對比。

[44] 《周易・雜卦傳》：「小過，過也；中孚，信也。……大過，顛也；頤，養正也。」說明兩者卦性的對比。

[45] 參見戴璉璋《易傳之形成及其之思想》，頁 196。

[46] 參見陳滿銘〈論「多、二、一(0)」的螺旋結構─以《周易》與《老子》為考察重心〉，收錄於《章法學綜論》，頁 459-506。又《易・說卦》云：「觀變於陰陽而立卦」。

此爲「二」；而宇宙之源就是在陰陽交互變化的作用之下，創生天地萬物，而達於統一和諧的境界。故《易・繫辭傳》說到「一陰一陽之謂道」、「窮則變，變則通，通則久」、「天地絪縕，萬物化醇，男女構精，萬物化生」，就在說明此理。而陳望衡在《中國古典美學史》中關於《周易》美學思想提到：

> 《周易》中的陰陽理論強調的不是相反事物的對立，而是相反事物的相交、相和。《周易》認為，陰陽相交是生命之源，新生命的產生不在於陰陽的對立，而在於陰陽的交感、統一。因此，陰陽的相合不是量的增加，是創造。因此，陰陽相交、相合的規律就是創造的規律。[47]

所謂陰陽相交、相和而達於和諧（統一）的境界，可以視爲陰陽（剛柔）的統一。此爲「一」。至此即可清楚看出《周易》之「多、二、一」的結構。

　　從《周易》到《易傳》並未明顯闡述「一」（太極）之上的「０」，直到宋代理學融會了道家的思想，才正式提出「無極而太極」的概念，至此《周易》的「多、二、一(０)」結構才算完成。

　　此外，更值得我們注意的是，這種陰陽（剛柔）的統一，雖指陰陽（剛柔）的相濟與適中，表面上似乎只容許陰陽（剛柔）各半相濟、絕對適中，而達於「大統一」（中和）的境界。但反觀天地運行，不息不斷，乃因爲陰陽（剛柔）互相參濟、互相轉化之故，其陰陽（剛柔）之間絕不可能各半而

---

[47] 見陳望衡《中國古典美學史》，頁 182。

適中。對此，陳望衡又強調：

> 《周易》強調的不是陰陽、剛柔之分，而是陰陽、剛
> 柔之合。這一點同樣在中國美學、藝術中留下深廣的
> 影響。中國美學向來視剛柔相濟的和諧為最高理想。
> 中國的藝術批評學也總是以剛柔相濟作為一條最高
> 的審美準。於是，中國的藝術家們也都自覺地去追求
> 剛柔的統一，並不一味地去追求純剛或純柔，而總是
> 或柔中寓剛，或剛中寓柔。劉熙載是我國清代卓越的
> 藝術批評家，他的《藝概》一書，涉及文、詩、賦、
> 詞、曲、書法等藝術領域，有不少精闢的論斷，他最
> 為推崇的藝術審美理想就是剛柔相濟。[48]

這裡所說的「剛中寓柔」和「柔中寓剛」，都只是宇宙生成
中的小統一而已。而「剛中寓柔」所形成的是「對立式的統
一」；「柔中寓剛」所形成的是「調和式的統一」。這種「統
一」的思想，不僅在中國哲學上具有影響力，對於美學和文
學，甚至風格的形成，亦有相當的啟發作用。[49]

（三）《老子》思想中的「多、二、一（０）」結構

　　《老子》思想產生於變化紛紜、征戰頻仍的亂世，他面
對紛亂的現象界，認清了多樣、多變的世界並非宇宙的真
貌，於是提倡「致虛」、「守柔」、「無為」的工夫，運用相異

---

[48] 見陳望衡《中國古典美學史》，頁 186-187。
[49] 參見陳滿銘〈論「多、二、一（０）」的螺旋結構—以《周易》與《老
子》為考察重心〉，收錄於《章法學綜論》，頁 494。

於世俗的邏輯，以求得一個和諧、統一的境界。他說：

> 致虛極，守靜篤。萬物並作，吾以觀復。夫物芸芸，
> 各復歸其根。歸根曰靜，是謂復命。復命曰常。知常
> 曰明，不知常，妄作凶。知常容，容乃公，公乃全，
> 全乃天，天乃道，道乃久。沒身不殆。（第 16 章）

人的心靈原是清明寧靜，而私欲的存在往往使它蔽塞。所以
老子強調「致虛」、「守靜」的工夫，期能去除人為的知識與私
欲，如此才能真正見出萬物從無到有，再從有反無的規律。[50] 而
老子更強調萬物必然「各復歸其根」，就在說明多樣多變的
萬物有其根源，歸復其根原就是復歸事物的本性，而這個本
性就是「道」，可說是一個寧靜、自然、和諧的境界。落到
本體論的哲學思辨，老子更明白地說到：

> 人法地，地法天，天法道，道法自然。（第 25 章）
> 反者道之動，弱者道之用。天下萬物生於有，有生於
> 無。（第 40 章）

天地是「有」，其覆載萬物無私無欲，故曰「天下萬物生於
有」；人效法天地的無私，而天更效法道的「被養萬物而不
為主」，道則完全出乎自然之本性，是老子所謂的「無」，故
曰「有生於無」。從「多樣的萬物」到「有」，再從「有」到
「無」，我們看到了「多而一（０）」的復歸歷程。至於「反者
道之動」，不僅指出大道運行之相反相成，也說明了天地萬
物的生成是不斷地反復循環。《老子》在宇宙生成論中所謂
「道生一，一生二，二生三，三生萬物」的思想，已經完成

---

[50] 參見余培林《老子讀本》，頁 40。

了「(0)一、二、多」的結構，基於反復循環的規律，也必然存在「多、二、一(0)」的逆向結構[51]。因此，在上述「多」與「一(0)」之間，必存在「二元對待」的過程。陳師滿銘論述「多、二、一(0)」結構，曾列舉《老子》原文有關「異類相應」與「同類相從」的聯繫[52]，可以印證《老子》思想中存在的「二元對待」。其異類相應的聯繫如：

> 天下皆知美之為美，斯惡已；皆知善之為善，斯不善已。故有無相生，難易相成，長短相較，高下相傾，音聲相和，前後相隨。(第2章)
>
> 寵辱若驚，貴大患若身。何謂寵辱若驚？寵為下，得之若驚，失之若驚，是謂寵辱若驚。(第13章)
>
> 曲則全，枉則直，窪則盈，敝則新，少則得、多則惑，是以聖人抱一，為天下式。(第22章)
>
> 知其雄，守其雌，為天下谿；常德不離，復歸於嬰兒。知其白，守其黑，為天下式；為天下式，常德不忒，復歸於無極。知其榮，守其辱，為天下谷；為天下谷，常德乃足，復歸於樸。(第28章)

---

[51] 張立文：「從老子哲學的邏輯結構中，可以窺見：從『道(無)』開始的運動，通過『一』、『二』、『三』等階段的演化過程，派生了世界萬物；當『道』派生了萬物以後，就開始了『復歸』，最後復歸到『無(道)』。」見《中國哲學邏輯結構論》，頁147。又陳師滿銘：「它們（《周易》與《老子》主要透過『相反相成』、『返本復初』而循環不已的作用，不但將『(0)一、二、多』的順向歷程與『多、二、一(0)』的逆向歷程前後銜接起來，更使它們層層推展，循環不已，而形成了螺旋式結構，以呈現宇宙創生、含容萬物之原始規律。」見陳滿銘〈論「多、二、一(0)」的螺旋結構—以《周易》與《老子》為考察重心〉，收錄於《章法學綜論》，頁505。

[52] 參見陳滿銘〈論「多、二、一(0)」的螺旋結構—以《周易》與《老子》為考察重心〉，收錄於《章法學綜論》，頁459-506。

上德不德，是以有德；下德不失德，是以無德。…是
以大丈夫處其厚，不居其薄；處其實，不居其華；故
去彼取此。（第 38 章）

明道若昧，進道若退，夷道若纇。（第 41 章）

大直若曲，大巧若拙，大辯若訥。躁勝寒，靜勝熱，
清靜為天下正。（第 46 章）

所謂「美與醜」、「善與惡」、「有與無」、「難與易」、「長與短」、
「高與下」、「音與聲」、「前與後」、「寵與辱」、「曲與直」、「窪
與盈」、「敝與新」、「少與多」、「雄與雌」、「有德與無德」、「厚
與薄」、「實與華」、「明與昧」、「進與退」、「夷與纇」、「巧與
拙」、「辯與訥」、「躁與靜」、「寒與熱」等，是極為明顯之相
對的概念，這些相對的概念並非絕對的對立，而是可以藉由
運動而互相轉化，故具有充分的力量，可以從局部擴充到整
體，進而形成「統一」。

至於同類相從的聯繫如：

道可道，非常道；名可名，非常名。（第 1 章）

是以聖人處無為之事，行不言之教；萬物作焉而不
辭，生焉而不有；為而不恃，功成而弗居。夫唯弗居，
是以不去。（第 2 章）

不上賢，使民不爭；不貴難得之貨，使民不為盜；不
見可欲，始民心不亂。（第 3 章）

天地不仁，以萬物為芻狗；聖人不仁，以百姓為芻狗。
（第 5 章）

五色，令人目盲；五音，令人耳聾；五味，令人口爽；
馳騁畋獵，令人心發狂；難得之貨，令人行妨。是以

　　　聖人為腹不為目，故去彼取此。（第 12 章）

所謂「常道與常名」、「無爲之事與不言之教」、「不上賢與不
貴難得之貨」、「天地不仁與聖人不仁」、「五色與五音、五味」
等，在性質上是相近的，其聯繫所產生的效果也趨於「調
和」，而這種調和性的聯繫也會由局部擴於整體，最後趨於
「統一」。可見《老子》思想中「二」的存在，並結合前述
「多而一(０)」的結構來看，則《老子》之「多、二、一(０)」
的結構已經清楚地呈現出來。

二、「多、二、一(０)」結構與辭章風格的關係

　　哲學上的「多、二、一(０)」結構，可以解釋許多藝術
生成的規律。落於辭章風格來說，作家透過邏輯思維，將「景
(物)」、「事」等各種材料，對應於自然規律，結合「情」、「理」，
訴諸於客觀的聯想，並依秩序、變化、聯貫與統一的原則，
來加以安排、佈置，形成各種相應的條理，進而呈現在辭章
的結構之中。[53] 陳滿銘對此結構提出說明：

> 所有核心結構以外的結構都屬於「多」；而核心結構所形
> 成的「二元對待」，自成陰陽而「相反相成」，以徹上徹下，
> 形成結構的「調和性」與「對比性」，是為「二」；至於辭
> 章的「主旨」或由「統一」所形成的風格、韻味、氣象、
> 境界等，則屬於「一(０)」。[54]

---

[53] 參見陳滿銘〈論章法的哲學基礎〉（臺灣師大《國文學報》32 期，
2002 年 12 月），頁 89。
[54] 見陳滿銘《章法學綜論》，249 頁。

由此可知，風格（０）必須依附在主旨（一）之上才能呈現出來；換言之，有象的「主旨」是辭章的核心情理，也是形成無象之「風格」的主要力量；至於核心結構（二）中以「陰陽二元對待」所產生的移位或轉位的現象，其趨向「陰」或「陽」的力度，又相應於「陰柔」或「陽剛」的質性，並可結合其他輔助結構（多）來說明辭章風格的取向。如此從有象的「一」進渡到無象的「０」，章法結構貫串起一條邏輯的理路，對於辭章風格的形成提供了客觀的思考，也確立了「章法風格」存在的價值。茲以唐宋詞為例，說明章法「多、二、一(０)」結構對於檢視辭章風格的作用：

　　　韋莊〈浣溪沙〉
　　夜夜相思更漏殘，傷心明月憑欄干，想君思我錦衾寒。咫尺畫堂深似海，憶來惟把舊書看，幾時攜手入長安？

這闋詞旨在憶舊懷人。從詞的情意來看，應是作者入蜀之後思念長安故舊的作品。全詞情景交融，虛實互見，結句以激問留下餘韻，將內心返鄉的企盼表達得相當委婉含蓄。其結構分析如下：

作者以憑欄相思的實景起筆，再以虛擬的設想傳達長久以來的思念。下片描述當下睹物思人的景況，在咫尺畫堂之中，卻有身處大海的孤寂，以此帶出返鄉團聚的期待之情。結構

表之底層以「先實後虛」的逆向移位與「先底後圖」的順向移位構成，在逆向移位的力度強於順向移位的情況下，可以看出趨於「陰」的態勢；次層「先久後暫」是「陰→陽」的順向移位，形成趨於「陽」的態勢；三層的「先景後情」結構是「陽→陰」的逆向移位，其趨於「陰」的力度較爲強烈，再加上是核心結構所在，故其趨於「陰」的力度構成了全詞的主要韻律。在結構表中，「實→虛」、「底→圖」、「久→暫」皆爲輔助結構，此爲「多」；「景→情」爲核心結構，此爲「二」；至於「憶舊懷人」的主旨及整闋詞的「陰柔」之勢則爲「一（0）」。所以可以判定全詞呈現了「柔中寓剛」的風格。韋莊的詞向來具有「疏淡秀雅」的風格，此詞低迴曲折、纏綿婉轉，正是這種寫照。陳廷焯評端己詞云：「韋端己詞，似直而紆，似達而鬱，最爲詞中勝境」[55]，即印證了此詞「柔中寓剛」的風趣。

又如李煜〈虞美人〉：

> 春花秋月何時了，往事知多少，小樓昨夜又東風，故國不堪回首月明中。　雕闌玉砌應猶在，只是朱顏改，問君能有幾多愁？恰似一江春水向東流。

相傳後主於生日（七月七日）晚，在寓所命故妓作樂，唱〈虞美人〉詞，聲聞於外，太宗聞詞義而大怒，乃命楚王趙元佐前往助歡，實則賜死後主，後主遂中機牽之藥而死。[56] 所以這首〈虞美人〉可視爲李煜的絕命詞。全詞以問句起，以答

---

[55] 見陳廷焯《白雨齋詞話・卷一》，收錄於唐圭璋編《詞話叢編》（北京：中華書局，1996 年 6 月第 1 版），頁 3779。

[56] 參見《宋史・太宗本紀》。

句結，對於李煜內心悲恨相續的心理活動刻畫得非常深刻，
其結構分析如下：

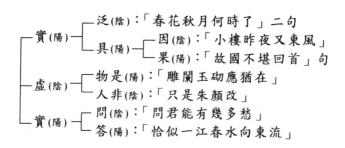

通篇以「實→虛→實」的筆法寫成。實筆部分從泛泛的
生命感嘆寫到具體的故國之思；隨後落入故國的懸想，表達
自己對「物是人非」的深切感慨；末以問答作結，將內心抑
鬱的悲苦，傾注於東流的春水。底層的「因果」結構，是順
向的移位，其「陰→陽」的力度尚不明顯；次層的「先泛後
具」及「先問後答」，都形成順向的移位作用，其陽剛之勢
漸強，而「由物而人」的結構卻是逆向的移位，其陰柔的力
度加大，幾乎平衡了前兩者所形成的陽剛之勢；上層「實→
虛→實」是全詞的核心結構，其「陽→陰→陽」的轉位作用，
形成最強烈的陽剛之氣。可見全詞向陽的力度是大於向陰的
力度的。在結構表中，「因→果」、「泛→具」、「物→人」、「問
→答」皆為輔助結構，此為「多」；「實→虛→實」仍是以虛
實為基礎所產生的變化結構，此為「二」，至於「思念故國
的感慨」及通篇的陽剛之氣則為「一（０）」；故整體風格呈現
了「剛中寓柔」的態勢。高原分析此詞說：「這首〈虞美人〉
充滿悲恨激楚的感情色彩，其感情之深厚、強烈，真如滔滔

之水，大有不顧一切、決決而出之勢。」[57] 這段形象分析可謂深中肯綮，與此詞內在的邏輯條理是不謀而合的。

結　語

　　一個理論的形成，並能傳之久遠，在於它合乎宇宙自然的規律，因此推溯其哲學根源是必要的課題。章法風格的理論，藉由各種章法現象的哲學思辨，已確立了深厚的哲學基礎：就章法結構的「陰陽定位」來說，在每一個自成陰陽的結構當中，我們推溯「以陰為本、以陽為末」的哲學，從而確定各種結構的順逆，是檢視辭章風格的基本步驟。就章法的「移位」、「轉位」來說，分析章法結構的移位或轉位所產生向陰或向陽的力度，並推究其哲學根源，是判定辭章風格趨於「陽剛」或「陰柔」的重要依據。就章法的「多、二、一（０）」結構來說，「多、二、一（０）」的邏輯來自宇宙自然的規律，更具備深厚的哲學基礎，我們以核心結構（二）所形成的陰陽為基準，徹下結合各個輔助結構（多）的陰陽，徹上貫通辭章的主旨（一），進而尋出風格（０）的剛柔。這種以具體的邏輯結構來分析抽象風格的方法，不僅符合科學的精神，更如陳師滿銘所說——在「直覺」、「直觀」的分析之外，拓展了「有理可說」的無限空間[58]。

---

[57] 見《唐宋詞鑑賞集成》上冊（臺北：五南圖書公司，2001 年 12 月初版），頁 172。

[58] 參見陳滿銘《章法學綜論》，頁 328。

第三章 東坡詞的寫作背景

　　所謂「寫作背景」是指作家創作辭章的時空背景。這時空背景包括作者個人的遭遇、性格、思想和學養，也包括作者所處大時代的政治、社會、文學思潮等環境。[1]作家在這些背景中，或因物而寫志，或緣事而抒情，通常都會涉及辭章的寫作動機，自然也與辭章的義旨相關聯，更可能影響到辭章整體風格的表現。所以，闡明寫作背景是研究辭章風格的基本要務。

　　本論文以龍沐勛《東坡樂府箋》及石聲淮、唐玲玲《東坡樂府編年箋注》所編定的寫作年表爲底本，並參考陳滿銘〈蘇東坡的境遇與其詞風〉[2]一文所作的分期，針對論文中所選錄的東坡詞作共五十三闋，逐一說明其寫作背景。

第一節　自杭州至密州時期（1071，36 歲～1078，43 歲）

　　宋神宗熙寧四年（公元 1071 年），蘇軾這年三十六歲，因反對新政與王安石政見不合，遂自請外任，被命爲杭州通

---

[1] 參見拙著《散文・新詩義旨古今談》（臺北：萬卷樓圖書公司，2002年 1 月初版），頁 9。

[2] 收錄於陳滿銘《蘇辛詞論稿》（臺北：文津出版社，2003 年 8 月初版），頁 1～33。

判。過了四年，蘇軾以不惑之年轉任密州知州，四十二歲又改知徐州，時為神宗熙寧十年（公元 1077 年），在徐州知州將近兩年時間。就仕途升遷而言，這九年的仕宦生涯尚稱順遂，但蘇軾「致君堯舜」的政治抱負卻從未實現，在心靈上仍十分痛苦。本論文選錄這時期的詞作共二十二闋，有許多是這種處境與心情的寫照。茲分述其寫作背景如下：

〈行香子〉（一葉輕舟）

此詞寫於神宗熙寧六年（公元 1073 年，東坡 38 歲），正是蘇軾任杭州通判的第二年。石聲淮、唐玲玲《東坡樂府編年箋注》提到：

> 蘇軾於是年正月，視察富陽、新城、風水洞、定山村桐廬，過嚴陵瀨而歸。……是年二月，作〈山村詩〉；自新城放棹桐廬，過嚴陵瀨，作〈行香子〉。……七里瀨在浙江省桐廬縣城南十五公里，錢塘江兩岸山巒夾峙，水流湍急，連亙七里，故名。北岸富春山（嚴陵山）傳為東漢嚴子陵垂釣處。

詞中以描寫富春江的景色為主，其云「過沙溪急，霜溪冷，月溪明」、「遠山長，雲山亂，曉山青」正是七里瀨沿岸冬末春初的景致。而「算當年、虛老嚴陵。君臣一夢，古今空名」則引用東漢嚴光隱居此處的典故。蘇軾因政治理念無法實現而自請外任杭州，此時親睹錢塘風物，又聯想古人放隱山林之事，可見這闋詞應含有作者對政治現實失望，萌生歸隱山林的心志。

〈江城子〉（鳳凰山下雨初晴）

此詞寫於熙寧七年（公元 1074 年，東坡 39 歲）。作者自題：「湖上與張先同賦，時聞彈箏。」即述明蘇軾與張先泛舟西湖時，偶聞彈箏之聲，正要循聲問取，卻落得曲終人杳，遂有感而作。《東坡樂府編年箋注》引宋・葉夢得《石林詩話》云：

> 張先郎中，字子野，能為詩及樂府，至老不衰，居錢塘，蘇子瞻作倅時，先時已八十餘，視聽尚精強，家猶蓄聲妓子瞻嘗贈以詩云：「詩人老去鶯鶯在，公子歸來燕燕忙。」蓋全用張氏故事戲之。

可見蘇軾通判杭州期間，時與張先詩文唱和，此詞雖有曲終人杳之憾，仍不失其幽趣，更可感受其空靈縹緲之致。

〈虞美人〉（湖山信是東南美）

此詞寫於熙寧七年（公元 1074 年，東坡 39 歲）。其自題：「有美堂贈述古」，可知是送給陳襄（字述古）的作品。《東坡樂府編年箋注》提到：

> 陳述古守杭，已及瓜代。未交前數日，宴僚佐於有美堂。侵夜月色如練，前望浙江，後顧西湖，沙河塘正出其下。陳公慨然，請貳車蘇子瞻賦之，即席而就。

蘇軾當時任杭州通判，與陳襄是主官與僚屬的關係，而兩人氣性相投，私交甚篤。時陳襄將罷官歸南都，蘇軾有美堂上

即席賦詩，寫下這闋名作。在《東坡樂府》中，共收錄送陳襄詞七闋，此詞的離愁尚非甚濃，可能是處於公開宴會的場合，蘇軾的情感比較收斂，反而是湖山景致的描寫相當宏闊，是七闋送述古詞中屬剛柔相濟的作品。

〈江城子〉（翠娥羞黛怯人看）

此詞仍是送述古的作品，寫作時間與上闋相同。自題云「孤山竹閣送述古」，而《東坡樂府編年箋注》引王文誥《蘇文忠公詩編注集成總案》卷十二記載：

> 熙寧七年甲寅七月，與陳襄放舟湖上，宴於孤山竹閣，作〈江神子〉詞。

這次的宴會乃蘇軾與陳襄的私人會晤，對於離愁之感的抒發較為直接，因此蘇軾運用了傳統詞作婉約的筆法來表達對述古的不捨之情，所呈現的格調亦偏於柔媚之風。

〈南鄉子〉（回首亂山橫）

此詞亦為送別述古之作，從內容上看應作於臨行之前。《東坡樂府編年箋注》引王文誥《蘇文忠公詩編注集成總案》卷十二記載：

> 熙寧七年甲寅七月，追送陳襄移南都，別於臨平舟中，作〈南鄉子〉。

從詞作「先寫景後抒情」的筆法來看，蘇軾此詞的情感表達

較爲直接，也令人感受到兩人深厚的情誼。

〈鵲橋仙〉（緱山仙子）

此詞作於熙寧七年（公元 1074 年，東坡 39 歲）。其下自題云「七夕送陳令舉」，可知是此年七夕時作。《東坡樂府編年箋注》引朱祖謀注云：

> 公以甲寅九月與令舉訪公擇於湖州，六客之會，令舉與焉。既過松江，令舉匆匆歸去，此詞乃送之也。

蓋陳令舉爲蘇軾任杭州通判時的摯友，生平不詳。此後匆匆一別，至蘇軾轉任密州知州時，令舉已歿，遂使此詞成爲絕響。

〈醉落魄〉（蒼顏華髮）

此詞作於熙寧七年（公元 1074 年，東坡 39 歲）。其下自題云「蘇州閶門留別」，又《東坡樂府編年箋注》提到：

> 蘇軾從杭州到密州任，九月二十日後離開杭州，經湖州、松江，十月過蘇州金閶，此爲蘇州閶門留別時作。早在此年正月，蘇軾已到過蘇州；五月又至，這是第三次了，故〈阮郎歸〉一詞曾有「一年三度過蘇臺」之語。

此詞與〈阮郎歸〉爲同時之作，是東坡移任密州知州，途經蘇州時送給歌妓的作品。其抒發政治失意、舊交叛離的意圖

非常明顯，這是他自朝廷外放杭州，再移任密州的重要心路歷程。

〈沁園春〉(孤館燈青)

此詞作於熙寧七年（公元 1074 年，東坡 39 歲）。其下題云「赴密州早行，馬上寄子由」，又《東坡樂府編年箋注》引王文誥《蘇文忠公詩編注集成總案》卷十二記載：

> 公時由海州赴密，不復繞道至齊一視子由，故其詞如此耳。

可知這是爲其弟蘇轍所寫。當時轍在齊州，其實相距不遠，然東坡因公務而無法繞道探視其弟，其心中的悵惘可想而知，而東坡又回憶兄弟當年追求理想的心情以轉化這種悵惘，其勸子由不計較「用舍」，「從閒處看」，是他離開京城之後的心情寫照。

〈蝶戀花〉(燈火錢塘三五夜)

此詞作於熙寧八年（公元 1075 年，東坡 40 歲）。其自題云「密州上元」，可知是描寫密州元宵節的光景。《東坡樂府編年箋注》提到：

> 這首詞上片回憶杭州元宵節的熱鬧繁華，下片詠當時密州元宵節的蕭條寂寞，兩相對比。在此前一年，密州遭受了慘重的蝗災，因此這年元宵只能在「火冷燈稀」中度過。

這年是密州蝗災之後的第一個元宵節，其街境之荒涼可以想像。東坡自杭州通判調任密州知州，表面上是升官，事實上是從江南的人間天堂轉到一個物資缺乏、景致荒涼的地方，這闋詞反映了東坡調任密州的部分心情。

〈江城子〉（十年生死兩茫茫）

此詞作於熙寧八年（公元 1075 年，東坡 40 歲）。其自題云「乙卯正月二十記夜夢」，而《東坡樂府編年箋注》引《東坡集》卷三十九〈亡妻王氏墓誌銘〉記載：

> 治平二年（1065）五月丁亥（二十八日），趙郡蘇軾之妻王氏卒於京師，六月甲午（初六日）殯於京城之西。
> 蘇軾的妻子王弗死於治平二年，作此詞時已有十年。

從詞的內容及其寫作背景來看，東坡感傷其過世十年的元配妻子，意圖非常明顯，其傷感之情也透露出哀悽柔婉的詞風。

〈江城子〉（老夫聊發少年狂）

此詞作於熙寧八年（公元 1075 年，東坡 40 歲）。其自題云「密州出獵」，又《東坡樂府編年箋注》引王文誥《蘇文忠公詩編注集成總案》卷十三記載：

> 乙卯十月，祭常山回，小獵，與梅戶曹會獵鐵溝，作詩，並作〈江神子〉。

由此可知這闋詞是東坡任密州知州時的出獵寫真，從詞的內

容及義旨看，都充滿了豪壯之氣，是東坡豪邁詞的代表作。
《蘇軾詩集》卷十三〈祭常山回小獵〉詩云：

> 青蓋前頭點皂旗，黃茅崗下出長圍，弄風驕馬跑空立，
> 趁兔蒼鷹掠地飛。回望白雲生翠巘，歸來紅葉滿征衣。
> 聖明若用西涼簿，白羽猶能效一揮。

其詩意與詩風都與此詞相近。

〈望江南〉（春未老）

此詞作於熙寧九年（公元 1076 年，東坡 41 歲）。其下
自題云「超然臺作」，又《東坡樂府編年箋注》提到：

> 蘇軾於熙寧七年甲寅（1074）十一月三日到密州。過
> 冬之後，熙寧八年乙卯春天遊盧山，及春旱，禱於常
> 山。十一月開始葺超然臺，建快哉亭。到熙寧九年丙
> 辰春天，於正月七日文勛篆秦篆，刻石超然臺上，並
> 寫下〈望江南〉詞。

可知〈望江南〉乃記錄超然臺新葺落成的作品。東坡〈超然
臺記〉亦寫到超然臺的修葺動機：

> 移守膠西，處之期年。園之北，因城以為臺者，舊矣。
> 稍葺而新之，時相與登覽，放意肆志焉。

所謂「超然」就是超脫物質之外，忘卻塵俗紛擾的修養，這
是東坡面對密州惡劣的物質環境所轉化出的一種心境，詞中
有思念故國、感嘆身世的心情，同時又有忘卻紅塵、超然物

外的豁達，正是東坡處於此時此境的心情寫照。

〈水調歌頭〉（明月幾時有）

此詞作於熙寧九年（公元 1076 年，東坡 41 歲）。其自題曰：

> 丙辰中秋，歡飲達旦，大醉，作此篇。兼懷子由。

東坡作此詞時，子由正在齊州，雖相距密州不遠，兄弟仍無法團聚。詞題明示爲思念子由，表現深刻的手足之情，而詞作內容也可看出東坡外放之後煢獨自處的苦悶。

〈洞仙歌〉（江南臘盡）

此詞作於熙寧十年（公元 1077 年，東坡 42 歲）。《東坡樂府編年箋注》在〈殢人嬌〉詞的編年考證曾引《烏臺詩案》云：

> 熙寧十年二月到京，三月初一日王誑送到簡帖，約來日出城外四照亭相見。次日軾與誑相見，令姨孄六七人斟酒下食，有倩奴向軾求曲子，遂作〈洞仙歌〉一首、〈喜長春〉一首與之。

其云〈喜長春〉者，就是〈殢人嬌〉詞。東坡這年曾回汴京述職，此詞是留京期間與友人王誑宴飲，作〈洞仙歌〉及〈喜長春〉二闋詞，而〈洞仙歌〉以詠柳爲主題，東坡並代倩奴抒發閨愁，寫來纏綿幽怨，又不失清圓流暢的筆調。

〈陽關曲〉（暮雲收盡溢清寒）

此詞作於熙寧十年（公元 1077 年，東坡 42 歲）。關於此詞的寫作時間，《東坡樂府編年箋注》曾引《風月堂詩話》云：

> 東坡〈中秋〉詩紹聖元年（1094 甲戌）自題其後云：「予十八年前中秋與子由觀月彭城時，作此詩，以『陽關』歌之」。自甲戌上推十八年，應為丁巳（1077），即為此詞創作時間。

如此推算相當合理，東坡此時擔任徐州知州，其弟子由亦在徐州寓所，兄弟二人難得在中秋團聚，東坡在欣慰之餘，仍有「此生此夜不長好」的感嘆。

〈浣溪沙〉五首（照日深紅暖見魚）

這五闋詞作於元豐元年（公元 1078 年，東坡 43 歲）。其下自題云：「徐州石潭謝雨，道上作五首，潭在城東二十里，常與泗水增減，清濁相應。」又《東坡樂府編年箋注》引王文誥《蘇文忠公詩編注集成總案》卷十六記載：

> 元豐元年三月，時方春旱，城東二十裏有石潭，與泗水通。至虎頭潭中，可致雷雨，作〈起伏龍行〉。禱既應，赴潭謝雨，道中作〈浣溪沙〉詞。

東坡此時仍在徐州知州任上，因春旱而赴石潭祈雨，這五闋詞為二度赴潭謝雨時所作。詞的內容多描寫暮春時節石潭農

村的人物風光，其風格不盡相同，卻多清新脫俗之感，亦展現東坡體恤民風的情志。

〈永遇樂〉（明月如霜）

此詞作於元豐元年（公元 1078 年，東坡 43 歲）。其下自題云：「彭城夜宿燕子樓，夢盼盼，因作此詞。」又《東坡樂府編年箋注》引王文誥《蘇文忠公詩編注集成總案》卷十七記載：

> 戊午十月，夢登燕子樓，翌日，往尋其地，作〈永遇樂〉詞。

蓋「燕子樓」在彭城（徐州州治），爲唐代張建封之愛妾關盼盼所居之樓。東坡此時正是徐州知州，乃藉夢盼盼來抒發宇宙人生的感嘆。

〈江城子〉（天涯流落思無窮）

此詞作於元豐二年（公元 1079 年，東坡 44 歲）。其下自題「別徐州」，又《東坡樂府編年箋注》引王文誥《蘇文忠公詩編注集成總案》卷十八記載：

> 元豐二年己未三月，告下，以祠部員外郎直史館，知湖州軍事，留別田叔通、寇元弼、石坦夫，作〈江神子〉詞。

東坡知徐州不到兩年，即發生了烏臺詩案，此詞是這年三月

罷官徐州的明文。其內容除了對徐州風物人情的留戀之外，更有前途茫然的深切感嘆，充分展現東坡內在似水的柔情。

第二節　自徐州貶黃州時期（1079，44 歲～1084，49 歲）

宋神宗元豐二年（公元 1079 年），東坡四十四歲。此時朝中宿敵正準備構陷東坡，是年三月先由徐州改知湖州，旋因〈湖州謝表〉等奏議詩文觸怒當朝，變法派又趁機攻擊蘇軾，遂引發史上有名的「烏臺詩案」。十二月，正是盛雪嚴冬，終貶為黃州團練副使、本州安置。直到元豐七年（公元 1084 年），蘇軾才離開黃州，量移汝州團練副使。從元豐二年到七年，是蘇軾政治上的失意期，卻是他文學上的豐收季節。本論文摘錄這時期詞作共二十闋，反映了蘇軾貶謫黃州時期的種種心境，其詞作風格亦呈現多樣風貌。

〈西江月〉（三過平山堂下）

此詞作於元豐二年（公元 1079 年，東坡 44 歲）。《東坡樂府編年箋注》引王文誥《蘇文忠公詩編注集成總案》卷十八記載：

> 元豐二年己未四月，過揚州訪鮮於侁，同張大亨遊平山堂，作〈西江月〉詞。……公倅杭赴密，守湖，三過揚。熙寧辛亥（1071）見歐陽公於汝陽，至是元豐己未（1079），凡九年。詞云「十年」，舉成數也。時鮮於侁自東京轉運使移知揚州，此燕集平山堂主人也。

蘇軾於熙寧四年（1071）由京城赴杭州任通判，七年（1074）又由杭州移知密州，此次（1079）由徐州移知湖州，共三次經過揚州。而平山堂是歐陽脩在揚州知州任上所建，東坡此時三度來到平山堂，除了感懷恩師之外，更多了人生際遇的悲嘆。

〈南鄉子〉（晚景落瓊杯）

此詞作於元豐三年（公元 1080 年，東坡 45 歲）。《東坡樂府編年箋注》引王文誥《蘇文忠公詩編注集成總案》卷二十記載：

> 元豐三年五月二十九日，遷居臨皋亭，亭在回車院中，作遷居詩。公居亭中，酒醉飯飽，倚於几上，白雲左繞，清江右洄，重門洞開，林巒岔入。當是時若有所思而無所思，以受萬物之備。

此詞所描寫的景色，正是臨皋亭春日傍晚之景，這些記載的描寫與詞意相同。東坡謫居黃州一年遷居臨高，也是他心境上轉趨豁達的開始，此詞的寬闊意境正有曠達之風。

〈水龍吟〉（似花還似非花）

此詞作於元豐三年（公元 1080 年，東坡 45 歲）。其副題云：「次韻章質夫楊花詞」，確定為次韻之作，而寫作時間向有兩種說法。朱祖謀、龍沐勛以為此詞作於元祐二年（1087），而石聲淮、唐玲玲《東坡樂府編年箋注》則引蘇軾

在黃州〈與章質夫〉：

> 信承喻慎靜以處憂患。非心愛我之深，何以及此，僅置之坐右也。〈柳花〉詞妙絕，使來者何以措詞。本不敢繼作，又思公正柳花飛時出巡按，坐想四子，閉門愁斷，故寫其意，次韻一首寄去，亦告不以示人也。〈七夕〉詞亦錄呈。

可見此詞是作於到黃州之後，而〈七夕〉詞指蘇軾在黃州作〈菩薩蠻〉二首，寫作時間考為元豐三年，此詞與〈七夕〉詞同時所寫，故可確定〈水龍吟〉為元豐三年的作品。此詞既為次韻之作，其內容與風格當與章質夫的〈楊花詞〉相近。

〈水調歌頭〉（昵昵兒女語）

此詞作於元豐三年（公元 1080 年，東坡 45 歲）。其副題寫到：

> 歐陽文忠公常問余：「琴詩何者為善？」答以「退之〈聽穎師琴〉詩。」公曰：「此詩固奇麗，然非聽琴，乃聽琵琶也。」余深然之。建安章質夫家善琵琶者乞為歌詞。余久不作，特取退之詞稍加隱括，使就聲律，以遺之云。

可知這是隱括韓愈〈聽穎師琴〉詩而成。朱祖謀、龍沐勛以為此詞作於元祐二年（1087），而石聲淮、唐玲玲《東坡樂府編年箋注》則引蘇軾在黃州〈與朱康叔〉信第十二首說：「章質夫求琵琶歌詞，不敢不寄呈」。可知此詞為居黃州時

所作，與次韻〈楊花詞〉同時。此詞爲就聲律而稍改詩句，然詩意應大同小異，其詩風亦與原作相近。

〈西江月〉（世事大夢一場）

此詞作於元豐三年（公元 1080 年，東坡 45 歲）。《東坡樂府編年箋注》引宋楊湜《古今詞話》：

> 東坡在黃州，中秋對月獨酌，作〈西江月〉詞云云。坡以讒言謫居黃州，鬱鬱不得志。凡賦詩綴詞，必寫其所懷，然一日不負朝廷。其懷君之心，末句可見矣。

東坡於元豐二年多天謫居黃州，這是他在黃州度過的第一個中秋，以佳節思親的人之常情，東坡當有諸多感慨。其寫黃州中秋，一方面思念子由，另一方面也是感慨身世，這種情感是直接而強烈的。

〈滿江紅〉（江漢西來）

此詞作於元豐四年（公元 1081 年，東坡 46 歲）。其副題云「寄鄂州朱使君壽昌」，可知爲贈答之作。關於朱壽昌其人，《東坡樂府編年箋注》提到：

> 知鄂州事朱壽昌，字康叔，揚州天長人。曾知嶽州、廣德軍鄂州各地。後來入京作朝廷官。此時正知鄂州事。上闋說和朱壽昌各在一岸，共一江春水。下闋借古事抒懷，向朱壽昌致意。

這裡將東坡寫作此詞的情境和動機說得非常清楚。

〈水龍吟〉（小舟橫截春江）

此詞作於元豐五年（公元 1082 年，東坡 47 歲）。其副題云：

> 閭丘大夫孝終公顯，嘗守黃州，作棲霞樓，為郡中絕勝。元豐五年，余謫居黃。正月十七日，夢扁舟渡江。中流回望，樓中歌樂雜作。舟中人言：「公顯方會客也」。覺而異之，乃作此曲，蓋〈越調鼓笛慢〉。公顯時已致仕，在蘇州。

此詞可能是東坡嘗遊棲霞樓，又因夢醒而感懷的作品。除了抒發夢境中的縹緲之感外，也表達了對公顯的仰慕之意。

〈江城子〉（夢中了了醉中醒）

此詞作於元豐五年（公元 1082 年，東坡 47 歲）。其副題云：

> 陶淵明以正月五日遊斜川，臨流班坐，顧瞻南阜，愛曾城之獨秀，乃作〈斜川詩〉。至今使人想見其處。元豐壬戌之春，餘躬耕於東坡，築雪堂居之。南挹四望亭之後丘，西控北山之微泉，慨然而嘆。此亦斜川之遊也。乃作長短句，以〈江城子〉歌之。

這裡充分說明這闋詞的寫作動機。可知這是東坡以自己的躬

耕生活和陶淵明的隱居情境相比，其末所云「吾老矣，寄餘齡」，就已明示隱居之志。

〈定風波〉（莫聽穿林打葉聲）

此詞作於元豐五年（公元 1082 年，東坡 47 歲）。其副題云：

> 三月七日沙湖道中遇雨。雨具先去，同行皆狼狽，餘獨不覺。已乃遂晴，故作此詞。

這闋詞寫在東坡至沙湖買田途中，時值三月春雨綿密時節，而擔荷行李雨具的僕役已先行數里，此時一陣大雨打亂了眾人的步伐，唯獨東坡不覺狼狽，此詞乃表達他當時「吟嘯且徐行」的心境，同時也抒發他在風雨逆境中「任平生」的曠達胸懷。

〈浣溪沙〉（山下蘭芽短浸溪）

此詞作於元豐五年（公元 1082 年，東坡 47 歲）。《東坡樂府編年箋注》引王文誥《蘇文忠公詩編注集成總案》卷二十一記載：

> 疾愈，與龐醫遊清泉寺，飲王羲之洗筆池泉，徜徉蘭溪之上，作〈浣溪沙〉詞。

蓋東坡於沙湖買田期間受了風寒之疾，遂往求龐安療治，病癒之後又與龐醫共遊蘭溪，此詞是病癒之後面對清澈山水的

感懷，也同時藉由「流水能西」表達「人生再少」的願望。

〈西江月〉（照野瀰瀰淺浪）

此詞作於元豐五年（公元 1082 年，東坡 47 歲）。其副題云：

> 頃在黃州，春夜行蘄水中，過酒家飲。酒醉，乘月至
> 一溪橋上，解鞍曲肱，醉臥少休。及覺已曉。亂山攢
> 擁，流水鏗然，疑非塵世也。書此詞橋柱上。

東坡謫居黃州期間，因帶罪而「不得簽署公事」，雖苦於俸缺祿短，卻有較多空閒得徜徉山水，以詩酒自娛。此詞乃東坡醉臥蘄水橋邊，在恍惚、覺醒之間，懷疑置身塵世之外所抒發的感懷。這也是東坡謫居黃州的另一種心靈解脫模式。

〈洞仙歌〉（冰肌玉骨）

此詞作於元豐五年（公元 1082 年，東坡 47 歲）。其副題云：

> 餘七歲時，見眉山老尼，姓朱，忘其名，年九十歲，
> 自言嘗隨其師入蜀主孟昶宮中。一日大熱，蜀主與花
> 蕊夫人夜納涼摩訶池上，作一詞。朱具能記之。今四
> 十年，朱已死九矣，人無知此詞者，但記其首兩句。
> 暇日尋味，豈〈洞仙歌令〉乎？乃為足之云。

東坡閒置黃州，於是有更多思緒回憶童年過往，此詞乃根據

童年記憶將僅剩兩句的歌詞補足，作〈洞仙歌〉。從詞牌及內容上來看，這是東坡至謫居黃州少有的柔媚之作。

〈念奴嬌〉 赤壁懷古（大江東去）

此詞作於元豐五年（公元 1082 年，東坡 47 歲）。《東坡樂府編年箋注》引傅藻《東坡紀年錄》記載：

> 元豐五年壬戌，七月既望，泛舟於赤壁之下，作〈赤壁賦〉；又懷古，作〈念奴嬌〉。

可知〈赤壁賦〉與〈念奴嬌〉都作於壬戌中元遊赤壁之後。東坡以不同的文體形式，一為看透人生常變，一為抒發今昔之感，在風格上仍不脫開闊曠達的意境。

〈南鄉子〉 重九涵輝樓呈徐君猷（霜降水痕收）

此詞作於元豐五年（公元 1082 年，東坡 47 歲）。《蘇軾文集》卷五十二〈與王定國〉信第十二中說：

> 重九登棲霞樓，望君淒然，歌〈千秋歲〉，滿座識與不識，皆懷君。遂作一詞云：「（略）」，其卒章，則徐州逍遙堂中夜與君和詩也。

在東坡〈九日次韻王鞏〉詩有云：「相逢不用忙歸去，明日黃花蝶也愁」，可見末句是東坡的得意之作。此詞是東坡為懷君之作，是他謫居黃州登高感懷的作品，其情意充滿婉轉的風致。

〈卜算子〉黃州定慧院寓居作（缺月挂疏桐）

此詞作於元豐五（公元 1082 年，東坡 47 歲）。關於黃州定慧院，《東坡樂府編年箋注》引《黃州府志》卷三記載：

> 定慧院在城東清淮門外。宋蘇軾以元豐三年二月至黃，寓此院。東有海棠一株，軾所為賦詩也；又書「開嘯」二字，勒石。下有快哉亭。前有海棠亭。後有洗墨池，又有睡足堂、捫腹軒。

東坡初貶黃州，其寓居定慧院的心情及處境是相當淒涼而幽獨，此詞以「孤鴻」自況，又以「揀盡寒枝不肯棲」來比喻自己的去就，可見東坡此時雖遭遇逆境，其孤傲而不同流俗的性格仍非常強烈。

〈臨江仙〉夜歸臨皋（夜飲東坡醒復醉）

此詞作於元豐六年（公元 1083 年，東坡 48 歲）。關於這闋詞的寫作背景及引發的後續效應，《東坡樂府編年箋注》引葉夢得《避暑錄話》記載：

> 子瞻在黃州，……與數客飲於江上，夜歸。江面際天，風露皓然，乃作歌詞，所謂「夜闌風靜縠紋平，小舟從此逝，江海寄餘生」者，與客大歌數過而散。翌日，喧傳子瞻夜作此詞，掛冠服江邊，挐舟長嘯去矣。郡守徐君猷聞之，驚且懼，以為州失罪人。急命駕往謁，則子瞻鼻鼾如雷，猶未興也。然此語卒傳至都下，雖裕陵亦聞而疑之。

蘇軾在黃州購得「東坡」之耕地後，常流連此地而忘歸臨皋。此詞生動地描寫他醉飲東坡而夜歸臨皋的情景，亦傳達作者想「忘卻營營俗事、寄生茫茫江海」的願望。

〈滿庭芳〉（三十三年）

此詞作於元豐六年（公元 1083 年，東坡 48 歲）。其副題云：

> 有王長官者，棄官黃州三十三年，黃人謂之王先生。因送陳慥來過餘，因為賦此。

而《東坡樂府編年箋注》引王文誥《蘇文忠公詩編注集成總案》卷二十二記載：

> 元豐六年癸亥五月，陳慥報荊南莊田，同王長官來，作〈滿庭芳〉。

很顯然這闋詞是為棄官黃州三十三年的王先生所作。東坡因感慨彼此相聚甚短，逐有贈答之詞，詞中內容亦蘊含深切的仰慕之情。

〈水調歌頭〉黃州快哉亭贈張偓佺（落日繡簾捲）

此詞作於元豐六年（公元 1083 年，東坡 48 歲）。《東坡樂府編年箋注》引王文誥《蘇文忠公詩編注集成總案》卷二十二記載：

> 元豐六年癸亥閏六月，張夢得迎新居於江上，築亭，

公榜曰快哉亭，作〈水調歌頭〉。

「黃州快哉亭」因文人之筆而流傳千古。此亭為張夢得築亭、東坡命名、而蘇轍為之作記。此外東坡之〈水調歌頭〉也是黃州快哉亭之一絕，其云「一點浩然氣，千里快哉風」可謂千古絕唱，亦是這闋詞雄闊恢弘的主調。

〈鷓鴣天〉(林斷山明竹隱墻)

此詞作於元豐六年（公元 1083 年，東坡 48 歲）。《東坡樂府編年箋注》引朱祖謀《東坡樂府》注云：

按公以甲子四月去黃，此詞乃六月景事，酌編癸亥。

從詞的內容來看，寫的確是夏日乘涼的景況，而「杖藜徐步」也是東坡居黃州時常做之事，此詞乃描寫東坡在黃州夏日的悠閒安適之情。

〈滿庭芳〉(歸去來兮)

此詞作於元豐七年（公元 1084 年，東坡 49 歲）。其副題云：

元豐七年四月一日，餘將去黃移汝，留別雪堂鄰裏二三君子。會李仲覽自江東來別，遂書以遺之。

蓋元豐七年甲子，朝廷減輕對東坡的處分，遂由黃州量移汝州（河南汝南）團練副使，而東坡居黃州四年餘，對此地風物人民已有深厚情感，詞中充分表達他對黃州的不捨之情。

第三節　離開黃州以後時期（1085，50 歲～1100，65 歲）

　　元豐八年（公元 1085 年）三月，神宗病逝。哲宗即位年僅十歲，由高太后聽政，開始起用司馬光等舊黨人士。蘇軾遂由汝州團練副使改任登州知州，旋又入朝相繼任禮部郎中、起居舍人、中書舍人、翰林學士。由於蘇軾反對新法，更反對司馬光「盡廢新法」，所以在朝廷任官時遭新舊兩黨夾擊，不安於朝。元祐四年（公元 1089 年）以龍圖閣學士出知杭州，兩年之後被召還朝，任翰林學士、知制誥，旋因洛黨攻訐而出知潁州、揚州，不久又被召回朝廷擔任兵部尚書、禮部尚書。直至元祐八年（公元 1093 年），高太后去世，哲宗親政，蘇軾又因新黨得勢而貶官惠州、儋州，自此後未再回到朝廷。蘇軾這一時期的詞作，有對黃州生活的懷念，也有任杭州知州的感觸，以及二度貶官的傷感等等，本論文選錄此期詞作共六闋，大多是詞風比較平淡的作品。

〈定風波〉（常羨人間琢玉郎）

　　此詞作於元豐八年（公元 1085 年，東坡 50 歲）。其副題云：

> 王定國歌兒柔奴，姓宇文氏，眉目娟麗，善應對。家住京師。定國南遷歸，余問柔：「廣南風土，應是不好？」柔對曰：「此心安處，便是吾鄉。」因為綴詞云。

關於王定國與東坡的關係，以及此詞的寫作背景，《東坡樂府編年箋注》引宋·楊湜《古今詞話》記載：

> 東坡初謫黃州，獨王定國以大臣之子不能謹交游，邊
> 置嶺表。後數年，召還京師。是時東坡掌翰苑，一日，
> 王定國置酒與東坡會飲，出寵人點酥侑尊。而點酥善
> 談笑，東坡問曰：「嶺南風物，可謂不佳。」點酥應聲
> 曰：「此身安處是家鄉。」坡嘆其善對，賦〈定風波〉
> 一闋以贈之。

可知王定國與東坡為患難之交，這闋詞雖表明贈予王定國之
愛妾，其所云「此心安處是吾鄉」，也是東坡心戚戚然而有
感以發的作品。

〈如夢令〉（為向東坡傳語）

此詞作於哲宗元祐二年（公元 1087 年，東坡 52 歲）。《東
坡樂府編年箋注》引陳邇冬《蘇軾詞選》記載：

> 按詞意是很明顯的，如其一首首云「為向東坡傳語」
> 便是寄人之作；次云「人在玉堂深處」，足證身居翰苑。
> 應是元祐二年（1087）或三年（1088）在汴京時作。

這闋詞應如陳邇冬說，作於元祐二年丁卯或元祐三年戊辰春
天「雪壓小橋」時，「一犁春雨」前。故依此訂為元祐二年
之作。從此詞可以看出作者離開黃州之後，對於昔日躬耕東
坡的深情懷念。

〈南歌子〉錢塘端午（山與歌眉斂）

此詞作於元祐五年（公元 1090 年，東坡 55 歲）。石聲

淮、唐玲玲《東坡樂府編年箋注》分析其編年提到：

> 此詞應寫於元祐五年庚午（1090）。題中蘇軾自說：「杭
> 州端午」可知。……蘇軾於公元 1089 年至 1091 年在
> 杭州作知州，但公元 1089 年七月初三（端午之後）才
> 到杭州，公元 1091 年三月（端午之前）已離開杭州，
> 在知州任上，只有公元 1090 年的端午是在杭州過的。

蓋東坡以龍圖閣學士出知杭州，這是他二度親臨此地，在經
歷了人生的起伏之後，此時面對杭州端午的清景，更能以豁
達之心體會杭州之美。東坡為杭州知州不到兩年時間，也是
他生平最後一段平淡優遊的歲月。

〈減字木蘭花〉（雙龍對起）

此詞作於元祐五年（公元 1090 年，東坡 55 歲）。其副
題自云：

> 錢塘西湖，有詩僧清順，所居藏春塢，門前有二古松，
> 各有凌霄花絡其上。順常晝臥其下，時余為郡，一日，
> 屏騎從過之，松風騷然。順指落花求韻。余為賦此。

這裡對於此詞的寫作背景已詳盡述之，而關於寫作時間，《東
坡樂府編年箋注》引王文誥《蘇文忠公詩編注集成總案》卷
二十三記載：

> 庚午五月，過藏春塢為清順作〈減字木蘭花〉。

庚午即元祐五年。蓋杭州清順和尚與東坡時有唱酬往來，此

詞乃爲清順居所門前的古松而作。

〈八聲甘州〉（有情風、萬里卷潮來）

此詞作於元祐六年（公元 1091 年，東坡 56 歲）。《東坡樂府編年箋注》引《苕溪漁隱叢話》後集卷三十九記載：

> 東坡別參寥長短句……其詞刻石後，東坡自題云：元祐六年三月六日。

參寥子爲佛教僧侶，是東坡的摯友，從杭州通判時期即已相識相知，後遷謫黃州，參寥子曾遠赴東坡相伴年餘，及二度赴杭，參寥子亦在，後來貶官南海，參寥子一度想渡海相訪，因東坡力戒而作罷。可見兩人交情甚篤。東坡爲杭州知州，乃因舊黨排擠之故，此詞有感嘆舊黨迂闊之意，也心存與參寥子不違舊時約定的決心。

〈歸朝歡〉（我夢扁舟浮震澤）

此詞作於哲宗紹聖元年（公元 1094 年，東坡 59 歲）。《東坡樂府編年箋注》引王文誥《蘇文忠公詩編注集成總案》卷三十八記載：

> 紹盛元年甲戌七月，至湖口，觀李正臣所蓄異石九峰，名曰壺中九華，作詩。達九江，與蘇堅泣別，作〈歸朝歡〉詞。

自元祐八年高太后過世、哲宗親政之後，北宋黨爭再度掀起

高潮。東坡成爲新黨得勢之後的待宰羔羊。自是年閏四月起，東坡連連落職貶官，六月貶官惠州安置，至七月途經九江時與蘇堅而作此詞。詞中所云「此生長接淅」就在說明自己貶逐奔波之情狀，這闋詞表達與蘇堅的泣別之情，亦抒發前景茫然之感。

結　語

　　檢視東坡詞的寫作背景，可以深刻瞭解東坡在每個人生階段的心境，更能熟悉其面對處境的作風，這將有助於我們瞭解東坡詞的義旨與風格。上述三個時期的的作品中，大抵第一期的詞風比較偏於「疏儁」，第二期詞風比較偏於「超曠」，第三期詞風則比較偏於「平淡」。[3] 論文中所選錄的作品，有部分仍未編年而屬重要之作，如〈賀新郎〉（乳燕飛華屋）、〈蝶戀花〉（花褪殘紅青杏小）、〈蝶戀花〉（春事闌珊芳草歇）、〈蝶戀花〉（蝶懶鶯慵春過半）、〈阮郎歸〉（綠槐高柳咽新蟬）等，我們只能從詞作內容去分析，以梳理其章法風格的剛柔趨向。

---

[3] 參見陳滿銘〈蘇東坡的境遇與其詞風〉，收錄於《蘇辛詞論稿》（臺北：文津出版社，2003 年 8 月初版），頁 1。

第四章
東坡詞「剛中寓柔」之章法風格

　　任何理論的建立，必須透過實際作品的印證，才能使理論更臻於完備周延。我們既已確立了「章法風格」的哲學基礎，即可運用章法結構的「陰陽」、章法中的「移位」、「轉位」現象以及「多、二、一（0）」結構的理論，來推演文學作品偏陰（柔）或偏陽（剛）的韻律，以確定其風格趨向。依目前章法風格的理論，可以將辭章風格歸於「剛中寓柔」（偏剛）、「柔中寓剛」（偏柔）及「剛柔相濟」等三種風格類型。本論文取蘇軾約五十三首詞作，結合章法風格的理論以分析其作品風格的趨向。第四章探討「剛中寓柔」的作品，第五章探討「柔中寓剛」的作品，第六章則探討「剛柔相濟」的詞作，期能透過大量辭章的證析，以確立章法風格的理論不誣。

　　東坡詞中所謂「剛中寓柔」的風格，是指蘇詞中較為豪放的作品。後人評析蘇詞，特別稱其「清雄」[1]之風，或特以「清曠」[2]、「清峻」[3]譽之。「清」為「清遠」之境，乃偏於

---

[1] 見龍沐勛〈東坡樂府綜論〉，《詞學季刊》二卷二號（民國 24 年）（臺北：學生書局影印版），頁 10。
[2] 見劉揚忠《唐宋詞流派史》（福州：福建人民出版社，1999 年 2 月第 1 版），頁 478。
[3] 見陳滿銘《蘇辛詞論稿》（臺北：文津出版社，2003 年 8 月初版），頁 34。

陰柔之風。「雄」者，雄放；「曠」者，曠達；「峻」者，高峻，三者的境界皆具有陽剛之氣。由此可知，蘇軾「剛中寓柔」的詞風，指的是他詞作中偏於「雄放」、「曠達」、「高峻」的風格。本節列舉其重要詞作十四首，並從章法風格分析其「剛中寓柔」詞風的脈絡。

◎〈行香子〉　　（神宗熙寧六年，1073）

一葉輕舟，雙槳鴻驚。水天清、影湛波平。魚翻藻鑑，鷺點煙汀。過沙溪急，霜溪冷，月溪明。　　　重重似畫，曲曲如屏。算當年、虛老嚴陵。君臣一夢，古今空名。但遠山長，雲山亂，曉山青。

結構分析表

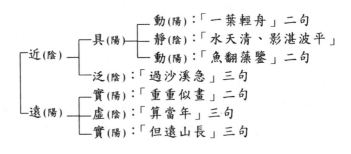

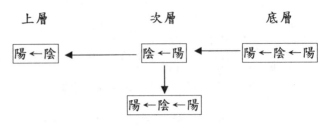

說明

　　這首詞是蘇軾任杭州通判時，放棹富春江的所見所感。全詞以寫景為主，上片描寫近景，有描寫「水天清、影湛波平」的寧靜，也有「一葉輕舟，雙槳鴻驚」、「魚翻藻鑒」、「鷺點煙汀」的動態描寫，後由一「過」字總領「沙溪急，霜溪冷，月溪明」，簡鍊地概括了江水沿途的景色；下片寫景由近而遠，由實轉虛，末三句再轉回實景，營造了一幅如詩如畫的山水。從結構表上看，底層「動→靜→動」的轉位，是「陽→陰→陽」的形勢，其趨向陽剛的力量非常明顯；次層「具→泛」結構是「陽→陰」的逆向移位，其趨於陰柔的力度雖大，然而「實虛實」的結構所形成的「陽→陰→陽」轉位卻有更強的陽剛之勢；至於上層「近→遠」乃全詞之核心結構，仍是「陰→陽」的移位，形成趨於陽剛的力量。總歸其陰陽的消抵，全詞的陽剛之勢遠多於陰柔之勢。陳華昌分析此詞說：

　　　　東坡這首小詞，既描繪了靜止的畫面，又表現了畫面的流動，將動和靜、虛與實結合得如此巧妙，給人以詩情畫意的美感享受。……蘇東坡經常發出「人生如夢」的感慨，但他的感慨總是融化在對自然的永恆和美麗的禮讚之中，因而總是給人一種生動活潑的、生意盎然的美感。[4]

這裡不僅清楚交代了東坡寫作此詞的筆法，其所謂「生動活

---

[4] 見《唐宋詞鑑賞集成‧陳華昌評》（臺北：五南圖書公司，2001 年 12 月初版三刷），頁 829-830。

潑」、「生意盎然」正說明了此詞「剛中寓柔」的基調。

◎〈沁園春〉 （熙寧七年，1074）

孤館燈清，野店雞號，旅枕夢殘。漸月華收練，晨霜
耿耿，雲山摛錦，朝露漙漙。世路無窮，勞生有限，
似此區區長鮮歡。微吟罷，憑征鞍無語，往事千端。
當時共客長安，似二陸初來俱少年。有筆頭千字，胸
中萬卷，致君堯舜，此事何難！用捨由時，行藏在我，
袖手何妨閒處看！身長健，但優游卒歲，且鬥樽前。

結構分析表

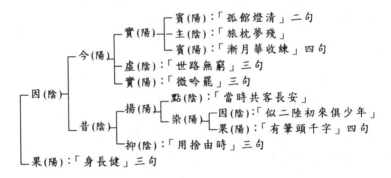

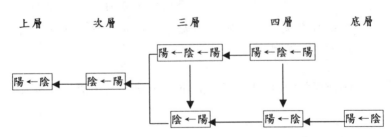

說明

　　由詞之副題得知，此詞是蘇軾由杭州赴任密州途中所作。他以議論入詞，表達政治懷抱，可說是直抒胸臆。詞之上片抒寫作者當下「旅枕夢殘」的景況，在「孤館燈清」、「野店雞號」、「月華收練」的烘托之下，遂產生「世路無窮，勞生有限」之嘆。下片追憶當年與子由初到汴京的雄心壯志，以及後來遭遇現實挫折的情景，在這種現實與理想衝突的人生經歷之中，作者以「身長健，但優游卒歲，且鬥樽前」來統一矛盾，讓現實的心情得到暫時的寬慰。結構表的底層為「因（陰）→果（陽）」的移位，形成了趨於陽剛的力量；四層的「賓（陽）→主（陰）→賓（陽）」與「點（陰）→染（陽）」結構，皆形成更強的陽剛之勢；三層又出現了「實（陽）→虛（陰）→實（陽）」的轉位，而「揚（陽）→抑（陰）」的逆向移位雖然形成的趨於陰柔的力量，且「抑揚」章法的對比性增加了陰柔的力量，仍然抵不過「實（陽）→虛（陰）→實（陽）」的陽剛之氣；次層「今（陽）→昔（陰）」結構所形成的陰柔之勢更強；上層的「因（陰）→果（陽）」是全詞的核心結構，所產生的仍是趨於陽剛的力量。綜理全詞的陰陽之氣，除了次層的「今昔」結構有較強的陰柔之勢外，其餘結構的陽剛皆強於陰柔，使全篇詞氣趨於「剛中寓柔」。夏承燾、施議對評論此詞說到：

　　　　這首詞發議論，也並非疏放粗豪，統觀全詞，寫景、
　　　　抒情、議論合為一體，詩、文、經、史融會貫通，其
　　　　「自在處」，表現了東坡詞的特有風格。……此調（沁
　　　　園春）格局開張，掌握得好，卻可以造成排山倒海之

勢，收到良好的藝術效果。[5]

而木齋在提到此詞的境界時亦強調：

> 全詞既有「孤館燈青」一類景物所透露的惆悵感，又
> 有「袖手何妨閒處看」的灑脫感，形成一種超曠豪逸
> 的總體審美感受。[6]

其所謂「排山倒海之勢」、「超曠豪逸的總體審美感受」就是
此詞「剛中寓柔」風格的最佳註腳。

◎〈江城子〉 （熙寧八年，1075）

> 老夫聊發少年狂，左牽黃，右擎蒼。錦帽貂裘，千騎
> 卷平岡。為報傾城隨太守，親射虎，看孫郎。 酒
> 酣胸膽尚開張，鬢微霜，又何妨！持節雲中，何日遣
> 馮唐？會挽雕弓如滿月，西北望，射天狼。

結構分析表

---

[5] 見《唐宋詞鑑賞集成‧夏承燾、施議對評》，頁 730。
[6] 見木齋《唐宋詞流變》（北京：京華出版社，1997 年 7 月第 1 版），頁 132。

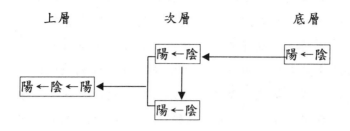

上層　　　　　次層　　　　　底層

陽←陰←陽

陽←陰　　　　　陽←陰

陽←陰

說明

　　從副題「密州出獵」可知悉，這是蘇軾任密州知州時所寫的一首出獵詞。詞的上片描寫文人出獵的雄姿，首句「聊發少年狂」，帶出作者的豪情，同時也用此「狂」字貫串全篇；其後藉由「牽黃」、「擎蒼」、「錦帽貂裘」等出獵裝束，以及「縱千騎」、「親射虎」等出獵行蹤，塑造了一個具體的意氣風發的人物形象。下片點出此等豪興，乃由於自己酒酣膽張，也出於自己不服老的個性；故而興起出獵之意，更激發自己想要立功邊疆的壯志豪情，所以勾勒出一個挽弓勁射的英雄形象，充分展現作者英武豪邁、氣概非凡的襟懷。結構表之底層爲「先→後」結構，是「陰→陽」的移位，形成趨於陽剛的力量；次層的「泛（陰）→具（陽）」、「因（陰）→果（陽）」結構，其順向的移位作用亦產生了趨於陽剛的力量；上層的「果（陽）→因（陰）→果（陽）」爲核心結構，其轉位作用形成更強的陽剛之勢。整體而言，構成了全篇「剛中寓柔」的基調，而且這裡的陽剛之氣遠大於陰柔之氣，可說是接近「純剛」風格的作品。高原在評價此詞的歷史地位時提到：

這首詞上片出獵，下片請戰，場面熱烈，情豪志壯，大有「橫槊賦詩」的氣概，把詞中歷來香豔軟媚的兒女情，換成了報國立功、剛強壯武的英雄氣了。這是東坡對溫、柳為代表的傳統詞風的挑戰，他以「攬轡澄清」之志，寫慷慨豪雄之詞，提高了詞品，擴大了詞境，打破了「詞為豔科」的範圍，把詞從花間柳下、淺斟低唱的靡靡之音中解放出來，走向廣闊的生活天地。[7]

蘇軾調任密州，在詞境上開始有了較為雄豪的作品，此首〈江城子〉是一個開端。其謂「慷慨豪雄」之格調，直接印證了此詞在章法格中「剛中寓柔」的基調。

◎〈浣溪沙〉　（元豐元年，1078）

　　　　軟草平莎過雨新，輕沙走馬路無塵。何時收拾耦耕身？　　日暖桑麻光似潑，風來蒿艾氣如薰。使君元是此中人。

結構分析表

```
 ┌ 景(陽)：「軟草平莎」二句
 ├ 情(陰)：「何時收拾耦耕身」
 │          ┌ 底(陰) ┌ 視覺(陽)：「日暖桑麻光似潑」
 └ 景(陽)   │        └ 嗅覺(陰)：「風來蒿艾氣如薰」
            └ 圖(陽)：「使君元是此中人」
```

---

[7] 見《唐宋詞鑑賞集成・高原評》，頁804。

說明

　　這是蘇軾徐州謝雨詞的第五首。全詞在寫景之中,以「收拾耦耕身」表現了作者對於農村生活的熱愛,同時也反映了仕途坎坷、欲歸不能的矛盾心境。即使如此,在寫景部分仍舊展現了村野的蓬勃景象。王元明在分析這首〈浣溪沙〉的結構提到:

> 這首詞的結構十分奇特,與前四首均不同,也與一般詞的結構不同。前四首〈浣溪沙〉詞全是寫景敘事,並不直接抒情、議論,而是於字行之間蘊蓄著作者的喜悅之情。這一首既不像前四首〈浣溪沙〉詞那樣,也不是把景物和感受分開來寫,而是用寫景和抒情互相錯綜層遞的形式來寫。[8]

所謂「用寫景和抒情互相錯綜層遞的形式來寫」,正指出此詞是以「景→情→景」為核心結構來組織全篇的,而下片寫景更運用了視覺與嗅覺等感官來表現村野雨後的清新,結句以「使君元是此中人」畫龍點睛,表現了作者融入農村生活的自在。結構表的底層是「陽→陰」的逆向移位,形成趨於陰柔的力量,此陰柔力度對於全詞的剛柔影響不大;次層是「陰→陽」的順向移位,其力度雖小於逆向的移位,但是其

形成的陽剛之勢漸漸影響整首詞風的剛柔；至於上層的「陽
→陰→陽」轉位形成較強的陽剛之勢，再以其為核心結構之
故，故影響詞風極大，可見全篇的陽剛之氣是遠多於陰柔之
氣的。王元明以「清新開闊、含蓄雋永」來概括這首詞的藝
術特色，是此詞「剛中寓柔」風格的最佳註腳。

◎〈西江月〉　　　（元豐三年，1080）

世事一場大夢，人生幾度新涼。夜來風葉已鳴廊。看
取眉頭鬢上。　　酒賤常嫌客少，月明多被雲妨。中
秋誰與共孤光。把酒淒然北望。

結構分析表

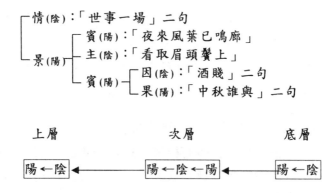

說明

　　這首詞是蘇軾於神宗元豐三年貶黃州後的第一個中秋

8　見《唐宋詞鑑賞集成‧王元明評》，頁861。

所寫下的作品。起句以抒情發端，其沈重悲涼之氣，充塞著作者因罪貶官的身世之感；其後寫景，以「西風」、「落葉」襯托自己鬢白的眉髮，下片將景色拓遠、拓大，在月明中秋、把酒孤望的烘托之下，更顯得詞人遲暮的悲情，更凸顯了他待罪黃州、壯志未酬的深沈感慨。結構表的底層是「陰→陽」的順向移位，次層是「陽→陰→陽」的轉位，上層又爲「陰→陽」的順向移位，三者皆產生趨於陽剛的氣勢，其形成全篇「剛中寓柔」的詞風是非常明顯的。吳惠娟評此詞云：

> 詞中筆筆應時，不離中秋，無論是新涼、風葉，還是賤酒、明月，均與節序有關。然詞中人由中秋思及人生，人生與中秋俱化。觸類以感，慷慨悲歌，情意深長。詞中運用比興手法，將常見之景「酒賤常愁客少，月明多被雲妨」來概括人生矛盾，言近旨遠，辭意深長，富於哲理，令人咀嚼回味。[9]

其謂「觸類以感，慷慨悲歌，情意深長」，乃間接說明了此詞「剛中寓柔」的基本格調。

◎〈南鄉子〉　　（元豐三年，1080）

晚景落瓊杯，照眼雲山翠作堆。認得岷峨春雪浪，初來，萬頃蒲萄漲淥醅。　　春雨暗陽台，亂灑歌樓濕粉腮。一陣東風來捲地，吹回，落照江天一半開。

---

[9] 見《唐宋詞鑑賞集成・吳惠娟評》，頁736。

結構分析表

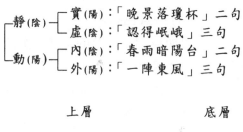

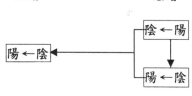

說明

這首詞作於神宗元豐三年（1080），其副題爲「黃州臨皋亭作」，所描寫的正是臨皋亭春日傍晚的景色。上片描寫倒映在杯中的靜景，以實見之景與虛想之景相互輝映；下片描寫乍雨還晴的動景，視角由內而外，呈現出變化萬千的瑰麗景色。結構表底層的「實（陽）→虛（陰）」、「內（陰）→外（陽）」結構，其順、逆移位的陰陽消長，形成趨於陰柔的韻律，因居於底層，故影響全篇風格不大；上層「內→外」是核心結構，其「陰→陽」的移位所形成的陽剛之勢，才是主導全篇風格的主要因素，所以這首詞的整體風格應爲「剛中寓柔」的形式。陳華昌評析此詞的意象營造提到：

> （上半闋）獨特的空間意識，正是蘇軾曠達、寬廣的胸懷的表現。……詞的下半闋描繪倏忽變化的自

　　然景觀，給人動盪不定、神奇瑰麗的感覺。[10]

此藉由意象的營造來說明此詞的境界，其言「曠達」、「寬廣」、「神奇瑰麗」等境界，實為「剛中寓柔」之風的另一種詮釋。

◎〈滿江紅〉　　（元豐四年，1081）

　　江漢西來，高樓下，蒲萄深碧。猶自帶、岷峨雪浪，錦江春色。君是南山遺愛守，我為劍外思歸客。對此間、風物豈無情，殷勤說。　　《江表傳》，君休讀。狂處士，真堪惜。空洲對鸚鵡，葦花蕭瑟。不獨笑書生爭底事，曹公黃祖俱飄忽。願使君還賦謫仙詩，追黃鶴。

結構分析表

```
        ┌ 染(陽) ┬ 天(陰) ┬ 實(陽):「江漢西來」三句
        │        │        └ 虛(陰):「猶自帶」二句
        │        └ 人(陽):「君是南山」二句
    ────┼ 點(陰):「對此間」二句
        │        ┌ 抑(陰) ┬ 果(陽):「《江表傳》」二句
        └ 染(陽) ┤        └ 因(陰):「狂處士」六句
                 └ 揚(陽):「願使君」二句
```

---

[10]　見《唐宋詞鑑賞集成・陳華昌評》，頁 761。

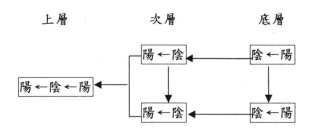

說明

　　本篇是蘇軾謫居黃州時寄友人朱壽昌的作品。上片以描寫武漢地區長江奔流的勝景發端，以下接寫「岷峨雪浪」，是作者對故鄉江水的遙想；其後由景寫人，帶出本篇的主角；結句點出觸景興感的無限惆悵，並以「殷勤說」帶出下片情思。下片引《江表傳》及禰衡之古事，暗諷那些殘害忠良的曹操、黃祖，如今亦灰飛煙滅；結句筆勢一揚，期待朱壽昌能寄意於不朽文章以追躡前賢。結構表底層的「實（陽）→虛（陰）」、「果（陽）→因（陰）」結構，形成趨於陰柔的力量，此陰柔之勢居於底層，故影響全篇的整體風格有限；次層的「天→人」、「抑→揚」皆為「陰→陽」的順向移位，其陽剛之氣影響全篇風格漸大；而上層的「染→點→染」結構，其「陽→陰→陽」的轉位，亦形成極強的陽剛之勢，結合其他各層結構的陽剛趨向，即可確定這首詞的風格是「剛中寓柔」的。劉乃昌評曰：

　　　　此詞以慷慨激憤之調，振筆直書，開懷傾訴，通篇貫注了鬱勃不平之氣。……從格調上說，本篇大異於纏綿婉惻之調，也不同於縹緲軼塵之曲，而以辭氣慷慨。彷彿西來的江漢碧濤，注入其峭的山崖峽谷，形

成頓挫跌宕、起伏不平之勢。[11]

所謂「慷慨激憤之調」、「頓挫跌宕、起伏不平之勢」，即指明此詞「辭氣慷慨」的風格，也與章法風格所分析的「剛中寓柔」的基調暗合。

◎〈念奴嬌〉 （元豐五年，1082）

大江東去，浪淘盡，千古風流人物。故壘西邊，人道是，三國周郎赤壁。亂石崩雲，驚濤裂岸，捲起千堆雪。江山如畫，一時多少豪傑！ 遙想公瑾當年，小喬出嫁了，雄姿英發。羽扇綸巾，談笑間、強虜灰飛煙滅。故國神遊，多情應笑我，早生華髮。人生如夢，一樽還酹江月。

結構分析表

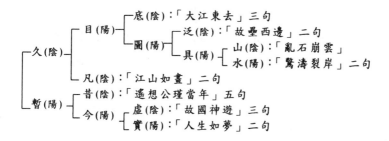

---

[11] 見《唐宋詞鑑賞集成‧劉乃昌評》，頁 721-723。

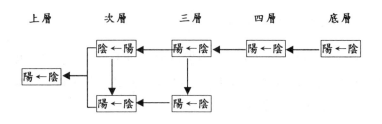

| 上層 | 次層 | 三層 | 四層 | 底層 |

說明

此詞是蘇軾謫居黃州時，游賞黃岡城外赤鼻磯所寫下的作品。這是《東坡樂府》中被譽爲具有「英雄氣格」的「千古絕唱」[12]。上片描寫赤壁開闊的景色，並結合古今英雄人物，佈置了一個極爲廣闊而悠久的時空；下片以今昔對比，以周瑜的「雄姿英發」對比自己的「早生華髮」，進而帶出「還酹江月」的超曠襟懷。結構表共分五層，底層由山景而水景，是「陰→陽」的順向移位，其勢偏於陽剛；四層寫景由抽象而具體，其勢亦偏於陽剛；三層的「底→圖」、「虛→實」結構均爲「陰→陽」的移位，其勢又偏於陽剛；次層的「目→凡」結構出現了逆向移位，其陰柔之勢雖然非常明顯，但是被同層的「昔→今」結構所產生的陽剛之氣消弱，因此對於上層的「久（陰）→暫（陽）」結構的陽剛之勢影響不大。綜理全篇可以見出其整體「剛中寓柔」的風格趨向。古今評論此詞者，皆以「雄渾」、「悲壯」、「超曠」等陽剛之詞譽之，如楊慎云：

　　古今詞多脂軟纖媚取勝，獨東坡此詞感慨悲壯雄偉

---

[12] 沈雄《古今詞話》云：「東坡〈酹江月〉，爲千古絕唱」。徐《詞苑叢談》：「自有橫槊氣概，固是英雄本色」。其餘各家之評，可參閱曾棗莊《蘇詞彙評》，頁 41-52。

高卓，詞中之史也。[13]

又如劉乃昌云：

> 這首詞從總的方面來看，氣象磅礴，格調雄渾，高唱入
> 雲，其境界之宏大，是前所未有的。通篇大筆揮灑，卻
> 也襯以諧婉之句，英俊將軍與妙齡美人相映生輝，昂奮
> 豪情與感慨超曠的思緒迭相遞轉，做到了莊中含諧，直
> 中有曲。[14]

此所謂「感慨悲壯雄偉高卓」、「氣象磅礴」、「格調雄渾」的
氣格，再結合章法風格的分析，更能確定其「剛中寓柔」的
基調。

◎〈浣溪沙〉　　（元豐五年，1082）

山下蘭芽短浸溪，松間沙路淨無泥，蕭蕭暮雨子規啼。
誰道人生無再少，門前流水尚能西。休將白髮唱黃雞。

結構分析表

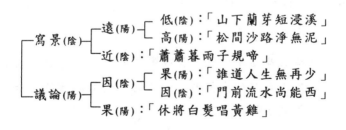

---

[13] 見楊慎《草堂詩餘》，卷四。收錄於曾棗莊《蘇詞彙評》，頁44。
[14] 見《唐宋詞鑑賞集成・劉乃昌評》，頁728。

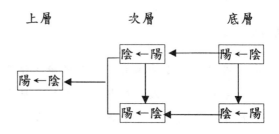

| 上層 | 次層 | 底層 |

說明

　　這首〈浣溪沙〉是蘇軾謫居黃州時，游賞蘄水清泉寺所作。上片寫景，景物由小而大，視角由低而高，展現一幅優美潔淨的鄉間圖景；下片抒發議論，以「溪水西流」闡述青春可以再少的哲理，精神令人感奮。結構表底層的「低（陰）→高（陽）」、「果（陽）→因（陰）」結構，其移位作用為一順向、一逆向，在其陰陽消長之下，使趨於陰柔的力度較大；次層的「遠（陽）→近（陰）」、「因（陰）→果（陽）」結構，同樣產生順、逆移位的陰陽消長，形成趨於陰柔之勢；兩層的陰柔力度已因陽剛之力而消弱，故對於上層「寫景（陰）→議論（陽）」的陽剛之勢影響不大，故全篇風格仍是陽剛多於陰柔的「剛中寓柔」的形式。劉乃昌分析此詞的筆調時強調：

> 在貶謫生活中，能一反感傷遲暮的低沈之調，唱出如
> 此催人自強的爽健歌曲，這體現出蘇軾執著生活、曠
> 達樂觀的性格。[15]

---

[15] 見《唐宋詞鑑賞集成・劉乃昌評》，頁 853。

所謂「一反感傷遲暮的低沈之調，唱出如此催人自強的爽健歌曲」的筆調，其實就是此詞「剛中寓柔」風格的寫照。

◎〈臨江仙〉　　（元豐六年，1083）

夜飲東坡醒復醉，歸來仿佛三更。家童鼻息已雷鳴。敲門都不應，倚杖聽江聲。　　長恨此生非我有，何時忘卻營營。夜闌風靜縠紋平。小舟從此逝，江海寄餘生。

結構分析表

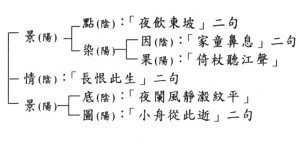

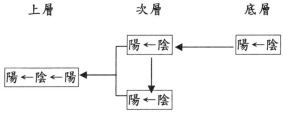

說明

這首詞也是蘇軾謫居黃州時所作，記敘詞人在東坡暢

飲，醉後歸返臨皋的景色與心情。上片寫景，敘述夜飲東坡，
恣意臨江的景況；下片以抒情發端，抒發自己的不平遭遇和
尋求超脫的渴望，末三句以景結情，欲將這些複雜難平的心
情，寄託於平靜的江水之中，任一葉扁舟，隨波而逝。結構
表的底層是「因（陰）→果（陽）」結構，其勢偏於陽剛；
次層的「點（陰）→染（陽）」、「底（陰）→圖（陽）」結構，
亦形成偏於陽剛的韻律；上層的「景（陽）→情（陰）→景
（陽）」是核心結構，其轉位所形成的陽剛之勢更為強烈，
通篇的陽剛之氣多於陰柔之氣是可以確定的。高原分析此詞
提到：

> 這首詞寫出了謫居中的蘇東坡的真性情，反映了他
> 的生活理想和精神追求，表現他的獨特性格。歷史
> 上的成功之作，無不體現作者的鮮明個性，因此，
> 作為文學作品寫出真性情勢最難能可貴的。元好問
> 評論東坡詞說：「唐歌詞多宮體，又皆極力為之。自
> 東坡一出，情性之外，不知有文字，真有『一洗萬
> 古凡空馬』氣象。」元好問道出了東坡詞的總的特
> 點：文如其人，個性鮮明。也是恰好指出了這首〈臨
> 江仙〉詞的最成功之處。[16]

這裡引用元好問「『一洗萬古凡空馬』氣象」的評價，足以
證明此詞「剛中寓柔」之風格。

◎〈水調歌頭〉　　（元豐六年，1083）

---

[16] 見《唐宋詞鑑賞集成‧高原評》，頁750。

落日繡簾捲，亭下水連空。知君為我，新作窗戶溼青
紅。長記平山堂上，攲枕江南煙雨，渺渺沒孤鴻。認
得醉翁語，山色有無中。　　一千頃，都鏡淨，倒碧
峰。忽然浪起，掀舞一葉白頭翁。堪笑蘭臺公子，未
解莊生天籟，剛道有雌雄。一點浩然氣，千里快哉風。

結構分析表

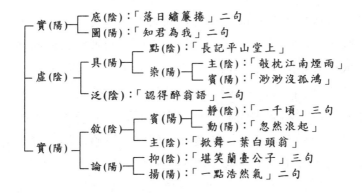

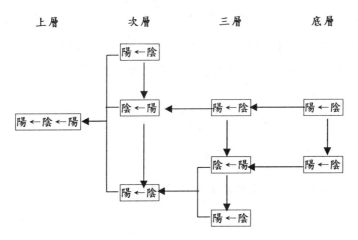

説明

　　這首詞是爲張懷民所築之「快哉亭」而作，與蘇轍的〈黄州快哉亭記〉同爲膾炙人口的名篇。上片以實寫眼前景色起筆，描繪「快哉亭」周圍的景致，接著以虛筆帶出「平山堂」的景況，使兩處景致融爲一體，構成一種優美獨特的意境；下片回到所見實景，描寫亭前廣闊江面的倏忽變化，在動靜交錯之間帶出議論，結句用「一點浩然氣，千里快哉風」來稱揚張懷民，並呼應題旨。結構表的底層爲「主（陰）→賓（陽）」、「靜（陰）→動（陽）」結構，兩者皆爲順向移位，形成趨於陽剛的韻律；三層有「點（陰）→染（陽）」、「賓（陽）→主（陰）」、「抑（陰）→揚（陽）」三個結構，其中有一個逆向移位、兩個順向移位，其陽剛與陰柔的勢力本應相等，由於「抑揚」結構的對比質性，使這一層略趨於陽剛之勢；次層的「底（陰）→圖（陽）」、「具（陽）→泛（陰）」、「敘（陰）→論（陽）」等三個結構同樣是一個逆向移位、兩個順向移位，使這一層的陰、陽勢力幾趨於平衡；上層「實（陽）→虛（陰）→實（陽）」結構的轉位作用，形成極爲強大的陽剛之勢，也是構成全篇風格的主要力量。綜理結構表各層的陰陽，全篇呈現「剛中寓柔」的風格是非常明顯的。歷來學者多以「豪放」、「雄渾」等境界來界定此篇的風格，如：

　　結句雄奇，無人敢道。[17]

　　此等句法，使作者稍稍矜才使氣，便入粗豪一派，妙能

---

[17] 見楊慎《草堂詩餘》，卷四。收錄於曾棗莊《蘇詞彙評》，頁 25。

寫景中人,用生出無限情思。[18]

這首詞具有獨到的特色,它把寫景、抒情和議論鎔為一爐,表現作者深處逆境,泰然處之,大氣凜然的精神世界,及其詞雄奇奔放的風格。[19]

諸如上述「雄奇奔放」、「粗豪」、「闊大恢弘」、「豪放」等評論,其實皆爲「剛中寓柔」風格的範疇。

◎〈定風波〉　　（元豐八年，1085）

誰羨人間琢玉郎,天應乞與點酥娘。自作清歌傳浩齒,風起,雪飛炎海變清涼。　　萬里歸來顏愈少,微笑,笑時猶帶嶺梅香。試問嶺南應不好,卻道,此心安處是故鄉。

結構分析表

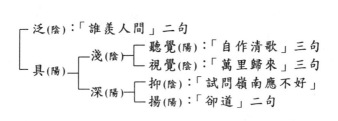

---

18 見鄭文焯《大鶴山人詞話》。收錄於曾棗莊《蘇詞彙評》,頁 26。
19 見《唐宋詞鑑賞集成‧陸永品評》,頁 711。

- 115 -

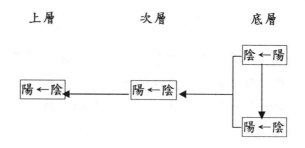

上層　　　　　次層　　　　　底層

陰←陽

陽←陰　　←　　陽←陰　　←

陽←陰

說明

　　這是一首稱頌友人歌妓的詞，寫於蘇軾謫居黃州時期。全詞具體描寫歌妓的歌聲與神態，並以「此心安處是故鄉」稱頌此歌妓身處窮境卻能安之若素，與政治失意的主人患難與共的可貴精神。同時也隱約可見作者隨遇而安、無往不快的曠達情懷。結構表的底層爲「聽覺（陽）→視覺（陰）」、「抑（陰）→揚（陽）」結構，在一逆、一順的移位過程中，本來形成的是趨於陰柔的勢力，但是「抑揚」結構的對比質性卻強化了陽剛的力量，使此層的陰柔之勢與陽剛之勢趨近於相等；次層的「淺（陰）→深（陽）」結構與上層的「泛（陰）→具（陽）」結構，均爲趨於陽剛的順向移位，再加上底層的陽剛之勢，構成了全篇「剛中寓柔」的基調。吳小林評此詞云：

　　　　（上片）筆調空靈蘊藉，給人一種曠遠清麗的美
　　感。……這首詞寫政治逆境出以風趣輕快的筆墨，情
　　趣和理趣融而為一，寫得空靈清曠，在蘇軾黃州時期

創作的詞中具有代表性。[20]

所謂「曠遠」乃爲陽剛之氣，「清麗」則趨向陰柔，在剛柔
絀長之間，作者以風趣輕快的筆調，更加深了陽剛的氣勢，
就其整體格調而言，應與章法風格所分析的「剛中寓柔」之
風相近。

◎〈蝶戀花〉　　（未編年）

春事闌珊芳草歇。客裡風光，又過清明節。小院黃昏
人憶別。落紅處處聞啼鴃。　　咫呎江山分楚越。目
斷魂銷，應是音塵絕。夢破五更心欲折。角聲吹落梅
花月。

結構分析表

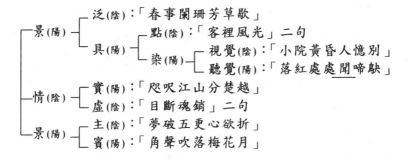

20　見《唐宋詞鑑賞集成・吳小林評》，頁 760。

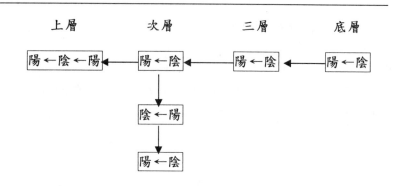

説明

　　這首〈蝶戀花〉是蘇軾通判杭州時，在常、潤間賑飢時的憶家之作。上片寫景，首句以「春事闌珊」概括春意，而清明時節客居異鄉，幽深的「小院」、「啼鴃」的哀鳴，倍覺景色悽然。下片轉而抒情，抒發常潤雖近在咫尺卻分屬吳越的離情。末二句以景結情，用「五更夢斷」、「角聲吹落」帶出深刻的悽怨之感。結構表的底層是「視覺→聽覺」的移位，其力度趨於陽剛；三層「點→染」也是形成陽剛的移位；次層的「泛→具」、「主→賓」結構均具有趨於陽剛的力度，相抵於「實→虛」結構的陰柔力度，這一層的陽剛之勢仍大於陰柔之勢；上層的「景→情→景」是全詞的核心結構，其轉位作用使這層的陽剛之勢非常強烈。總歸全詞的陰陽消底，其陽剛之勢大於陰柔，是可以被確定的。王士禎評云：「字字驚心動魄」[21] 已點出這首詞的激烈情感所形成的「剛中寓柔」的風格。

---

[21] 見王士禎《花草蒙拾・坡詞驚心動魄》。收錄於曾棗莊《蘇詞彙評》（成都：四川文藝出版社，2000 年 1 月初版），頁 167。

◎〈阮郎歸〉 （未編年）

綠槐高柳咽新蟬，春風初入弦。碧紗窗下水沈煙，棋
聲驚晝眠。 微雨過，小荷翻。榴花開欲燃。玉盆
纖手弄清泉，瓊珠碎卻圓。

結構分析表

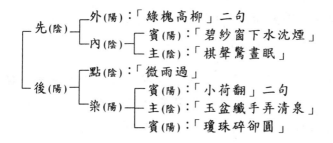

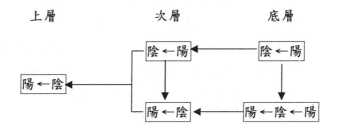

說明

　　這是一首描寫初夏閨閣生活的小詞。上片寫景由外而
內，描寫少女在初夏時節被棋聲驚醒的景況，在「綠槐」、「高
柳」、「紗窗」、「沈煙」等夏季景物的襯托之下，營造出一個
幽靜閑雅的美感；下片描寫少女夢醒之後盡情領略初夏風光

的喜悅，同樣透過「小荷」、「榴花」、「瓊珠」的烘托，使少女「纖手弄清泉」的神態更加生動活躍。結構表底層均以「賓主」章法呈現，而其「賓（陽）→主（陰）」結構所形成的陰柔力度，並無法強過「賓（陽）→主（陰）→賓（陽）」之轉位所形成的陽剛之勢；次層的「外（陽）→內（陰）」、「點（陰）→染（陽）」，形成一逆、一順的移位，造成陰柔之勢略強；上層「先（陰）→後（陽）」結構又產生陽剛之力。全篇除了次層具有陰柔之勢之外，其餘兩層的陽剛力度仍大於陰柔。整體而言，此詞之詞風仍是「剛中寓柔」的。謝楚發在比較閨情詞提到：

> 在蘇軾以前，寫女性的閨情詞，總離不開相思、孤悶、疏慵、倦怠等種種弱質愁情，可是蘇軾在這裡寫的閨情卻不是這樣。女主人公單純、天真，無憂無慮，不害單相思，睏了就睡，醒了就去貪賞風景，撥弄清泉。她熱愛生活，熱愛自然，願把自己融化在大自然的美色之中。這是一種健康的女性美，與初夏的勃勃生機構成一種和諧的情調，蘇軾的此種詞作，無疑給詞壇，尤其是閨情詞，注入了一股甜美的清泉。[22]

如同這段評論所言，蘇軾的這首閨情詞不同於一般所表現的含蓄深婉，反而呈現了另一種清新活潑的美感，這也正是此詞所以趨向「剛中寓柔」風格的主要因素。

---

[22] 見《唐宋詞鑑賞集成・謝楚發評》，頁 795。

結　語

　　宋詞的風格向來有「豪放」與「婉約」之別，但是從東坡的作品實際分析，卻無法用這兩種風格概括其詞風的全貌。就其偏於陽剛的作品來說，東坡詞同時展現了「雄放」與「高峻」的風格。我們運用章法的邏輯思維分析其章法風格「剛中寓柔」的內在律動，或能凸顯一般學者對於東坡詞作之風格述評的深層條理。

第五章
東坡詞「柔中寓剛」之章法風格

所謂「柔中寓剛」的風格，是指辭章的陰陽比例，其陰柔的成分明顯多於陽剛的成分，使辭章呈現如「淡雅」、「柔媚」、「婉約」、「含蓄」等具有陰柔特質的風致。章法風格所分析的「剛中寓柔」之風，主要就是在探討上述具陰柔特質之風格類型的內在邏輯。本章同樣運用章法風格的理論，列舉東坡詞中具陰柔風格的作品，藉由分析每一首詞內在所蘊含的陰、陽成分，或重新確認兩家婉約詞作的評論，或修正部分學者的論斷，以印證章法風格與辭章整體風格的密切關係。

在東坡現存三百四十五首詞作之中，能夠體現所謂「豪放」風格的作品，實際上寥寥可數，反而其大部分的詞作都是屬於「清疏」、「婉約」的風格[1]，此即章法風格中「柔中寓剛」的類型。本章列舉東坡詞風中具「柔中寓剛」特色的作品二十三首，除了探討此類風格的內在規律之外，也期望尋出東坡婉約詞與傳統婉約詞風的不同之處。

◎〈江城子〉　　　（熙寧七年，1074）

---

[1] 參見艾治平《婉約詞派的流變》(瀋陽：遼寧大學出版社，2000 年 5 月第 1 版二刷)，頁 158-159。

鳳凰山下雨初晴。水風清，晚霞明。一朵芙蕖，開過尚盈盈。何處飛來雙白鷺，如有意，慕娉婷。　　忽聞江上弄哀箏。苦含情，遣誰聽？煙斂雲收，依約是湘靈。欲待曲終尋問取，人不見，數峰青。

結構分析表

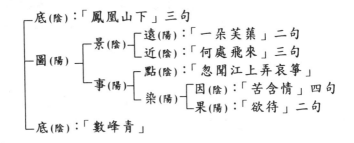

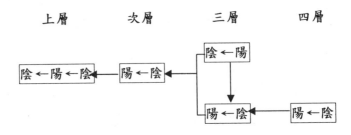

說明

　　這首詞是蘇軾通判杭州時期，與張先同游西湖所作。起首三句描寫西湖的湖光山色，作為背景，其後再進入焦點的描寫，寫景部分由遠而近，帶出芙蓉出水、白鷺傾慕的優美景致；詞的下片著眼於音樂的描寫，不僅強調「哀箏」所傳達的哀怨動人之情感，更藉由「煙斂雲收」來渲染大自然亦

涵容了哀情，此時作者運用「湘靈女神」的典故，把原本哀怨的情思轉向幽緲空靈的境界；結句以「數峰青」收束，不僅呼應起首雨過山青的景象，更能緊扣心弦，帶給人無限聯想的空間。結構表的底層爲「因（陰）→果（陽）」結構，其順向移位形成趨於陽剛的力量；三層的「遠（陽）→近（陰）」結構是逆向移位，而「點（陰）→染（陽）」結構屬順向移位，逆向移位所形成的陰柔之勢是大於順向移位的陽剛之勢；次層的「景（陰）→事（陽）」結構則又形成趨於陽剛的力量；上層的「底（陰）→圖（陽）→底（陰）」爲核心結構，其轉位所形成的陰柔之勢非常明顯，也帶動全篇風格成爲「柔中寓剛」的形式。邱俊鵬在分析此詞的意象經營時提到：

> 這首詞在寫作上的最大特點，是富於情趣。作者緊扣「聞彈箏」這一詞題，從多方面描寫彈箏人的美好與動人的音樂。詞把彈箏人置於雨後初晴、晚霞明麗的湖光山色之中，使人物與自然景色相映成趣，樂音與山水相得益彰。[2]

所謂「把彈箏人置於雨後初晴、晚霞明麗的湖光山色之中，使人物與自然景色相映成趣」，即點明了此詞的「底→圖→底」結構所營造的空間藝術。而龍沐勛所言：「極煙水微茫、空靈縹紗之致」[3]，即涵蓋了全篇的風格主調，也呼應了章法風格「柔中寓剛」的律動。

---

[2] 見《唐宋詞鑑賞集成・邱俊鵬評》，頁 802。
[3] 見龍沐勛《東坡樂府箋講疏》卷一，頁 14。

◎〈江城子〉　　　（熙寧七年，1074）

翠娥羞黛怕人看。掩霜紈。淚偷彈。且盡一尊，收淚
聽陽關。漫道帝城天樣遠，天易見，見君難。　　畫
堂新剙近孤山。曲闌干。為誰安。飛絮落花，春色屬
明年。欲棹小舟尋舊事，無處問，水連天。

結構分析表

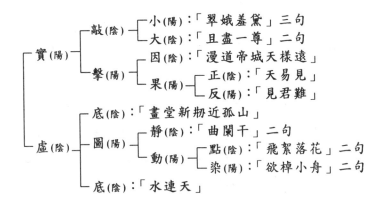

上層　　　　次層　　　　三層　　　　底層

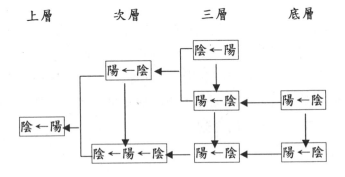

說明

　　這首詞是蘇軾任杭州通判時，爲送別友人陳述古所作。
起首以側寫之筆法，描述歌妓含淚送別的情態，其後再以「天
易見，見君難」，正面帶出歌妓的留戀之情；詞的下片落入
景物的虛想，作者以「水連天」的孤山爲背景，描寫「畫堂」
周圍動靜錯落的景致，這也是昔日作者同陳述古與歌妓游湖
宴飲之處，而動景從設想未來著筆，敘述來年春天，駕舟尋
覓，已無使君蹤跡，帶出更茫然的傷感。與結構表底層的「正
（陰）→反（陽）」、「點（陰）→染（陽）」結構，均屬趨於
陽剛之勢的移位，由於居於底層，其形成的陽剛力度影響全
篇不大；三層的「小（陽）→大（陰）」結構爲逆向移位，
而「因（陰）→果（陽）」、「靜（陰）→動（陽）」結構均爲
順向移位，此一逆、二順的移位使這一層的陰陽趨於相濟；
次層的「敲（陰）→擊（陽）」結構爲順向移位，產生趨於
陽剛的力量，而「底（陰）→圖（陽）→底（陰）」的轉位
所形成的陰柔之勢遠多於陽剛之勢，再加以上層的「實（陽）
→虛（陰）」結構又是趨於陰柔之勢的移位，可知全篇陰柔
的力度是大於陽剛之勢的。謝桃坊評此詞風格云：

> 這首詞屬於傳統婉約詞的寫法，表現較爲細緻，語調
> 柔婉。……它是蘇軾早期送別詞中的佳作，反映了作
> 者早期創作受傳統婉約詞風的影響。[4]

既是傳統婉約詞的作法，其「柔中寓剛」的基調是可以被確
定的。

◎〈南鄉子〉　　（熙寧七年，1074）

---

[4] 見《唐宋詞鑑賞集成・謝桃坊評》，頁 800。

回首亂山橫。不見居人只見城。誰似臨平山上塔，亭
亭，迎客西來送客行。　　歸路晚風清。一枕初寒夢
不成。今夜殘燈斜照處，熒熒，秋雨晴時淚不晴。

結構分析表

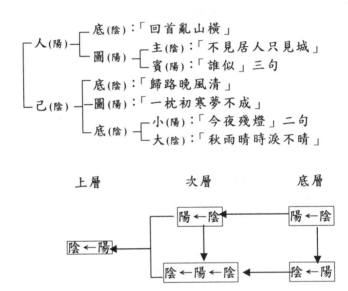

說明

　　這闋詞也是蘇軾任杭州通判時送別陳述古所作。上片從
好友陳述古的視角，描寫臨平山上互相道別的情景，以高塔
的無情反襯作者與友人離別時的哀傷；下片描述自己送別後
的心境，在返程中「殘燈斜照」、「秋雨初晴」的深夜，作者
以孤枕反側的情狀，展現了人物形象的孤寂及其內心思念友
人的深情。結構表的底層為順向移位的「主（陰）→賓（陽）」

結構與逆向移位的「小（陽）→大（陰）」結構，其一順、
一逆的陰陽消長，形成趨於陰柔的力量；次層的「底（陰）
→圖（陽）」結構其順向移位形成趨於陽剛的力量，而「底
（陰）→圖（陽）→底（陰）」結構的轉位作用卻形成更明
顯的陰柔之勢，其陰柔的力度是大於陽剛之勢的；再以上層
又是趨於陰柔的逆向移位，使全篇風格趨於「柔中寓剛」的
形式。邱俊鵬在論述此詞的情思提到：

> 蘇軾這首詞善於從社會人生常見的聚散之中展現出特
> 定環境中的真情摯意。[5]

送別的情境自古有之，而此詞無論是描寫好友的哀傷，或是
自己孤寂的心情，蘇軾以「亂山橫陳」、「歸路風清」、「殘燈
斜照」、「秋雨初晴」等景致為背景，不用典故，不加藻飾，
自然而然地烘托出作者對於友人的真情摯意。可見此篇「底
→圖」結構與「底→圖→底」結構對於情思的展現作用極大，
此層結構所產生的陰柔之氣，再結合「真情摯意」的情感主
調，可與全篇之「柔中寓剛」的格調相互呼應。

◎〈蝶戀花〉　　　（熙寧八年，1075）

> 燈火錢塘三五夜。明月如霜，照見人如畫。帳底吹笙
> 香吐麝。更無一點塵隨馬。　　寂寞山城人老也，擊
> 鼓吹簫，卻入農桑社。火冷燈稀霜露下，昏昏雪意雲
> 垂野。

5　見《唐宋詞鑑賞集成·邱俊鵬評》，頁 766。

結構分析表

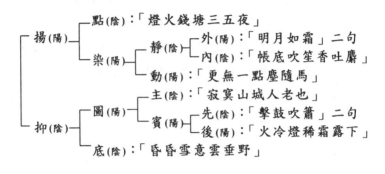

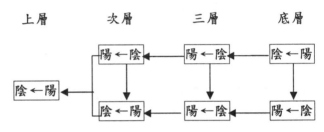

說明

　　這首詞是蘇軾任密州知州的第一年元宵所作，旨在描寫密州元宵節的景致與心境。詞的上片描寫杭州元宵，下片才轉回密州的上元景色，杭州上元給人清潤之感，而密州上元卻顯得荒涼單調，兩者的景物、氣氛截然不同，也凸顯出作者現實心境上的孤單，結句「昏昏雪意雲垂野」更展現了淒慘低沈的意境。結構表的底層是「外（陽）→內（陰）」結構與「先（陰）→後（陽）」結構，其一逆、一順的移位作用，凸顯出陰柔的力量；三層為「靜（陰）→動（陽）」結構與「主（陰）→賓（陽）」結構，兩者皆為順向移位，其陽剛之勢漸強；次層是「點（陰）→染（陽）」結構與「圖

（陽）→底（陰）」結構，其一順、一逆的移位消長，又凸顯了陰柔的力量；上層為「揚（陽）→抑（陰）」結構，其移位作用形成趨於陰柔的力量，再以「抑揚」章法對比之質性，又增強了此層的陰柔之勢。綜觀整體結構表的陰陽態勢，除了三層呈現陽剛之勢外，其餘各層皆趨於陰柔，可以明顯看出全篇「柔中寓剛」的基調。陳長明在描述此詞的意象經營時提到：

> 上片整個描寫杭州元宵景致，寫燈，寫月，寫人，詞句雖不多，卻是有聲有色。乍看似與題中「密州」無涉。到過片一句「寂寞山城人老也」只用「寂寞」二字一點，便將前面「錢塘三五夜」那一片熱鬧景象全部移來，為密州上元當前光景作反襯，再不須多著一字，使人領會到密州上元的寂寞冷落究竟是如何了。[6]

此言杭州與密州上元的對比，使得作者心境上更加感受到「寂寞冷落」，行之於筆端，當然較容易形成陰柔低沈的格調，此與章法風格所分析的「柔中寓剛」之內在律動是相吻合的。

◎〈水調歌頭〉　　　（熙寧九年，1076）

明月幾時有？把酒問青天。不知天上宮闕，今夕是何年。我欲乘風歸去，又恐瓊樓玉宇，高處不勝寒。起舞弄清影，何似在人間！　　轉朱閣，低綺戶，照無眠。不應有恨，何事長向別時圓！人有悲歡離合，月

---

[6] 見《唐宋詞鑑賞集成‧陳長明評》，頁 816-817。

有陰晴圓缺，此事古難全。但願人長久，千里共嬋娟。

結構分析表

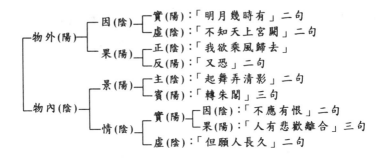

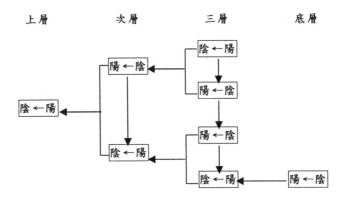

說明

這首詞作於蘇軾任密州知州，時為神宗熙寧九年中秋，其主旨在抒發作者外放時的縈獨情懷。起首訴諸明月，藉描述天上的縹緲宮闕，表達自己徘徊在「出世」與「入世」、「進」與「退」、「仕」與「隱」的矛盾心情；而後以「起舞弄清影，何似在人間」拉回現實，從飄渺感性的悲嘆，走向實際理性

的抒發，雖然月照無眠，仍應積極面對人生的缺憾；「人有悲歡離合，月有陰晴圓缺，此事古難全」時為作者在悲嘆感懷之後所領悟的積極哲思，而結句「但願人長久，千里共嬋娟」更是他積極奮發的具體願望。結構表的底層是「因（陰）→果（陽）」結構，其移位之勢趨於陽剛，此陽剛之勢居於底層，故對於全篇風格影響不大；三層出現兩疊「實（陽）→虛（陰）」結構以及「正（陰）→反（陽）」、「主（陰）→賓（陽）」結構，在兩次順向、兩次逆向的移位之中，其陰柔之勢明顯地大於陽剛之勢；次層的「因（陰）→果（陽）」結構與「景（陽）→情（陰）」結構，又是一順、一逆的移位，其陰柔之勢又被凸顯出來；上層的「外（陽）→內（陰）」為核心結構，其勢又趨於陰柔。從整體結構的陰陽比例來看，其陰柔之勢是多於陽剛之勢的。黃昇《蓼園詞評》云：

> 纏綿婉惻之思，愈轉愈曲，愈曲愈深忠愛之思，令人玩味不盡。[7]

所謂「纏綿婉惻之思」，確實是這首詞的最大特色，徐翰逢、陳長明亦以「飄逸空靈」、「韶秀」[8]來界定此詞的風格，這都與章法風格所分析此詞之「柔中寓剛」的律動不謀而合。

◎〈陽關曲〉　　（熙寧十年，1077）

暮雲收盡溢清寒，銀漢無聲轉玉盤。此生此夜不長好，明年明月何處看！

---

[7] 見黃氏《蓼園詞評・水調歌頭》。收錄於曾棗莊《蘇詞彙評》，頁 31。
[8] 見《唐宋詞鑑賞集成・徐翰逢、陳長明評》，頁 718。

結構分析表

```
        ┌─空間(陰):「暮雲收盡」二句
  ┌實(陽)─┤
  │      └─時間(陽):「此生此夜不長好」
  └虛(陰):「明年明月何處看」
```

```
        上層                底層

    ┌─────────┐        ┌─────────┐
    │陰←陽│◄──────│陽←陰│
    └─────────┘        └─────────┘
```

說明

　　這首中秋詞作於神宗熙寧十年，蘇軾時轉任徐州知州。當時其弟蘇轍亦在徐州任所，兩人同度中秋，遂作此詞。起筆二句描寫「暮雲收盡」、「銀漢無聲」的空闊之景，給人清新空靈之感；第三句就時間表達人世無常之嘆，進而生發「明年明月何處看」的茫然之情。其虛實錯落，時空交疊，營造出一種悠悠不盡的情韻。結構表僅兩層，底層的「空（陰）→時（陽）」結構是順向移位，其勢趨於陽剛；而上層的「實（陽）→虛（陰）」結構是逆向移位，其趨於陰柔的力度本來就比較明顯，再加上其核心結構的地位，成為全篇風格的主調，也是這首詞形成「柔中寓剛」風格的主要因素。周嘯天評云：

> 全詞避開情事的實寫，只在「中秋月」上著筆。從月色的美好寫到「人月圓」的愉快，又從今年此夜推想明年中秋，歸結到別情。形象集中，境界高遠，語言

清麗，意味深長。[9]

所謂「語言清麗」是就其語法上的風格而言，再以其意象的「清新空靈」之感，似與章法風格之「柔中寓剛」的境界契合。

◎〈浣溪沙〉　　（元豐元年，1078）

　　旋抹紅妝看使君，三三五五棘籬門。相挨踏破倩羅裙。　　老幼扶攜收麥社，烏鳶翔舞賽神村。逢道醉叟臥黃昏。

結構分析表

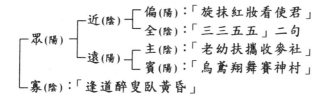

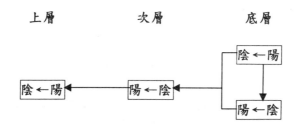

說明

---

[9] 見《唐宋詞鑑賞集成‧周嘯天評》，頁 845。

這組〈浣溪沙〉共五首，是蘇軾任徐州知州在石潭謝雨後，途經農村所記下的途中觀感。五首詞的內容雖有連貫，而其寫法、風格卻不盡相同。此為第二首，主要再描寫謝雨途中見聞。上片就近景描寫村姑爭看使君的神態，下片將鏡頭拉遠，描繪村民祭祀酬神、鳥鳶盤旋的歡欣景象，結句落到老叟醉倒路邊的特寫，與前敘眾人的繁忙形成對比，卻都是呈現一種普遍的喜悅之情。結構表以「眾（陽）→寡（陰）」為核心結構，成為全篇趨於陰柔的主調。其底層的「偏（陽）→全（陰）」結構與「主（陰）→賓（陽）」結構，在一順、一逆的移位之中，其陰柔之勢明顯較多；次層的「近（陰）→遠（陽）」結構雖然形成趨於陽剛的力量，綜觀整體陰陽的態勢，此陽剛之勢仍小於整體的陰柔之勢，而呈現「柔中寓剛」的詞風。

◎〈浣溪沙〉　　（元豐元年，1078）

麻葉層層檾葉光，誰家煮繭一村香。隔籬嬌語絡絲娘。　　垂白杖藜抬醉眼，捋青擣䴵軟飢腸。問言豆葉幾時黃。

結構分析表

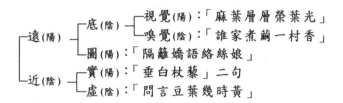

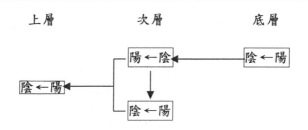

說明

　　第三首主要在描寫村中見聞。上片由遠景著筆，藉由感官知覺的轉換，描述農事的繁忙；下片就近景描寫，以採訪的筆調，描寫「垂白杖藜」的老人，正手持新麥欲搗成粉末以果腹，作者一句簡單的問候，蘊含著深厚的關切之情。結構表以「遠（陽）→近（陰）」為核心結構，也是全篇風格偏於陰柔的主要因素。底層的「感官知覺」結構，其逆向移位形成趨於陰柔的力量；次層的「底（陰）→圖（陽）」結構與「實（陽）→虛（陰）」結構，又是一順、一逆的移位，其勢又趨於陰柔，兩層趨於陰柔的力量呼應於核心結構，自然形成全篇「柔中寓剛」的風格。周嘯天云：

> 作者並沒有把雨後農村理想化，他不停留在隔離的觀察上，而是較深入地接觸到農民生活的實際情況，所以具有相當濃郁的生活氣息。[10]

從詞情所展現的平易近人、關切深刻的筆調，實蘊含著清遠柔婉的風致，此與結構表所呈現的「柔中寓剛」之格調是一致的。

---

[10] 見《唐宋詞鑑賞集成·周嘯天評》，頁 859。

◎〈江城子〉 （元豐二年，1079）

天涯流落思無窮！既相逢，卻匆匆。攜手佳人，和淚
折殘紅。為問東風餘幾許？春縱在，誰與同！ 隋
隄三月水溶溶。背歸鴻，去吳中。回首彭城，清泗與
淮通。欲寄相思千點淚，流不到，楚江東。

結構分析表

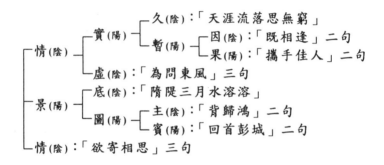

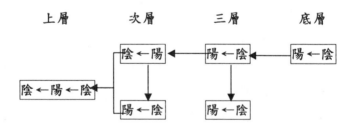

說明

　　這首詞是蘇軾即將離開徐州，在調往湖州途中所寫，旨
在抒發對徐州風物人情的留戀之情。詞的上片以抒情發端，
透過虛實交錯的筆法，表達離開徐州之後的孤單與依戀；下

片轉入寫景，描繪詞人在暮春三月、綠水溶溶的季節裡南去吳中，並藉由清澈的泗水，串聯起徐州的一草一木，收拍三句，即景抒情，「相思千點淚」傳達了無限的沈痛與悵惘。結構表的底層爲「因（陰）→果（陽）」結構，其順向移位形成陽剛之勢；三層的「久（陰）→暫（陽）」結構與「主（陰）→賓（陽）」結構，皆爲順向移位，其勢又趨於陽剛；次層的「實（陽）→虛（陰）」與「底（陰）→圖（陽）」又是一逆、一順的移位，兩相抵銷之下，其陰柔之勢仍然居大；至上層「情（陰）→景（陽）→情（陰）」結構，其轉位作用造成更爲明顯的陰柔之勢。整體而言，底層與三層的陽剛之勢因居於下層，仍小於次層與上層的陰柔之勢，使全篇形成「柔中寓剛」的風格型態。邱鳴皋論述此詞的情感提到：

> 此詞之美，在於純真，如上所說，情真，景真，而寫景也是爲了寫情。真而不矜，處處赤誠，不矯揉造作，不忸怩作態。這是由於蘇軾對徐州確實有深厚的感情基礎。[11]

也就是這一份真情、真景，讓全篇的景語也充滿了真切的情感，充分展現蘇軾內心似水的柔情，這份柔情就是此詞風格趨於「柔中寓剛」的主要因素吧！

◎〈西江月〉　　　（元豐二年，1079）

三過平山堂下，半生彈指聲中。十年不見老仙翁。壁上龍蛇飛動。　　欲弔文章太守，仍歌楊柳春風。休

---

[11] 見《唐宋詞鑑賞集成・邱鳴皋評》，頁 806。

言萬事轉頭空，未轉頭時皆夢。

結構分析表

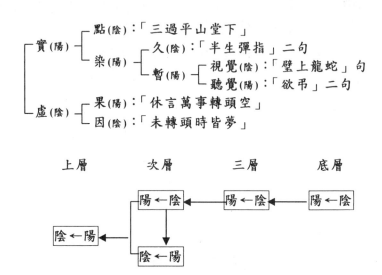

說明

這首詞是蘇軾自徐州移知湖州，途經揚州平山堂時所作，作者藉由所見歐陽脩的手跡及所聞歐陽脩的歌詞，抒發對人生如夢的慨嘆。詞中以實寫平山堂所見起筆，運用感官知覺的轉換，以摹寫歐陽脩的墨跡與歌詞，而「半生彈指」、「十年」光陰的悠悠之感，至當下所見「物是人非」的景況，終匯聚成一股「萬事皆夢」、「轉頭皆空」的深沈慨嘆。結構表的底層為「視覺（陰）→聽覺（陽）」結構，其順向移位形成趨於陽剛的力量；三層為「久（陰）→暫（陽）」結構，為順向移位，其勢又趨於陽剛；次層的「點（陰）→染（陽）」

結構爲順向移位，其勢趨於陽剛，而「果（陽）→因（陰）」
結構爲逆向移位，其趨於陰柔的力度較大，兩者相抵之下，
此層仍顯現陰柔的態勢；上層的「實（陽）→虛（陰）」結
構又爲逆向移位，其勢又趨於陰柔。底層與三層的陽剛之勢
對於全篇的風格影響不大，至於次層與上層所凸顯的陰柔之
勢，才是此篇風格的主調。因此，整首詞應爲「柔中寓剛」
的風格。湯易水、周義敢分析此詞云：

> 此詞採取抒情、敘事和議論相結合的寫作方法。抒情
> 時傾談肺腑，語真情摯，雖不以含蓄取勝，但讀來耐
> 人尋味，有強烈的感染力量。……作者寫友情詞，慣
> 用濃墨粗筆，縱挑橫抹，以超邁的韻格，顯露其胸中
> 浩懷逸氣。[12]

蘇軾詞中「語真情摯」的特色，在這首詞中再度發揮，結句
充滿佛家理趣的感悟，也造就此篇平淡清遠的風致，此正與
章法風格所分析的「柔中寓剛」之風暗合。

◎〈水龍吟〉 （元豐三年，1080）

似花還似非花，也無人惜從教墜。拋家傍路，思量卻
是，無情有思。縈損柔腸，困酣嬌眼，欲開還閉。夢
隨風萬里，尋郎去處，又還被、鶯呼起。　不恨此
花飛盡，恨西園落紅難綴。曉來雨過，遺蹤何在，一
池萍碎。春色三分，二分塵土，一分流水。細看來，
不是楊花，點點是離人淚。

---

[12] 見《唐宋詞鑑賞集成·湯易水、周義敢評》，頁 743-744。

結構分析表

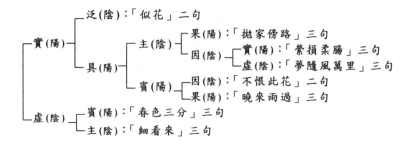

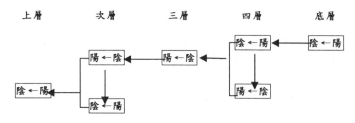

說明

　　這是一首次韻的作品，其內容雖仍是描寫楊花，卻有從虛筆著墨之處。起筆以擬人的方式，實寫楊花飛墜的神態；下片又以西園的「一池萍碎」襯托楊花的墜落，表達了春味已盡、春色將逝的恨意；其後落入虛寫，以抽象的「春色」、「塵土」和「流水」，襯托紛紛飄落的楊花，而楊花卻原來是思婦的點點淚珠，此處雖為虛筆，卻是虛實相間，楊花與離人淚在似與不似之間，更增添了幾分情趣。結構表共分五層。底層的「實（陽）→虛（陰）」結構是逆向移位，其勢趨於陰柔；四層的「果（陽）→因（陰）」結構與「因（陰）→果（陽）」結構一逆、一順的移位，兩相消長而凸顯了陰柔的力量；三層的「主（陰）→賓（陽）」結構是順向移位，

其勢趨於陽剛;次層的「泛(陰)→具(陽)」結構與「賓
(陽)→主(陰)」結構,又是一順、一逆的移位,凸顯了
陰柔的力量;上層的「實(陽)→虛(陰)」結構,爲趨於
陰柔的逆向移位。綜觀整體結構表的陰陽律動,除了第三層
結構呈現陽剛之勢外,其餘各層皆呈現陰柔的律動,相較之
下,全篇的陰柔之勢仍大於陽剛之勢,故整首作品展現了「柔
中寓剛」的風致。歷來詞評,多以陰柔風致界定此詞,如沈
謙所云:

> 東坡「似花還似非花」一篇,幽怨纏綿,直是言情,
> 非復賦物。[13]

又如朱德才所說:

> 通篇不勝幽怨纏綿,又空靈飛動。[14]

可見「幽怨纏綿」之評,是這首詞給人的具體感受,更合於
章法風格「柔中寓剛」之基本格調。

◎〈卜算子〉　　（元豐五年,1082）

> 缺月挂疏桐,漏斷人初靜。誰見幽人獨往來,縹緲孤
> 鴻影。　　驚起卻回頭,有恨無人省。揀盡寒枝不肯
> 棲,寂寞沙洲冷。

結構分析表

---

[13] 見沈謙《塡詞雜說》。收錄於曾棗莊《蘇詞彙評》,頁9。
[14] 見《唐宋詞鑑賞集成·朱德才評》,頁700。

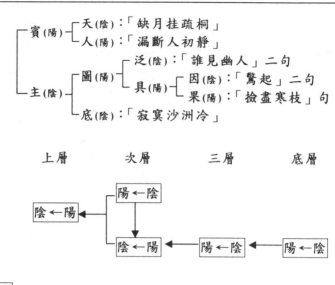

說明

此詞作於神宗元豐五年，是蘇軾在黃州時，寓居定慧院的抒懷之作。起筆以「缺月」、「漏斷」烘托幽人似孤鴻的身影，孤鴻因爲飽受驚嚇，獨懷幽恨，不肯輕易棲於寒枝，終歸宿於荒冷寂寞的沙洲。蘇軾以孤鴻自況，充分展現個人在歷經烏臺詩案之後的幽憤寂苦之情。結構表的底層是「因（陰）→果（陽）」結構，其移位作用形成趨於陽剛的力量；三層的「泛（陰）→具（陽）」結構，亦爲順向移位，其勢又趨於陽剛；次層的「天（陰）→人（陽）」結構爲順向移位，其勢趨於陽剛，而「圖（陽）→底（陰）」結構則是趨於陰柔的逆向移位，此陰柔之勢大於「天→人」結構的陽剛之勢；上層的「賓（陽）→主（陰）」是核心結構，亦爲逆向移位，其勢又趨於陰柔。整體而言，底層與三層的陽剛之勢，因居於下層，其影響全篇的風格趨向有限，而次層與上

層的陰柔之勢才是這首詞風的主調，在此主調的帶動之下，形成了全篇「柔中寓剛」的風格。繆鉞評價此詞風格時提到：

> 晚近人論詞多以「豪放」為貴，而推蘇軾為豪放之宗。這實在是一種偏見。宋詞仍是以「婉約」為主流，而蘇詞的特長是「超曠」，「豪放」二字不足以盡之。這首〈卜算子〉……是超曠之作，同時也不失詞的傳統的深美閎約的特點。[15]

所謂「深美閎約」的特色，以及張炎《詞源》所說的：「清麗舒徐」[16]，皆屬於陰柔的格調，再以此詞「幽獨淒涼」的情思，此篇風格歸於「柔中寓剛」的格調是不容置疑的。

◎〈南鄉子〉　　（元豐五年，1082）

> 霜降水痕收。淺碧鱗鱗露遠洲。酒力漸消風力軟，颼颼。破帽多情卻戀頭。　　佳節若為酬，但把青樽斷送秋。萬事到頭都是夢，休休。明日黃花蝶也愁。

結構分析表

---

[15] 見《唐宋詞鑑賞集成‧繆鉞評》，頁 780。
[16] 見張炎《詞源》卷下《雜論》。收錄於曾棗莊《蘇詞彙評》，頁 121。

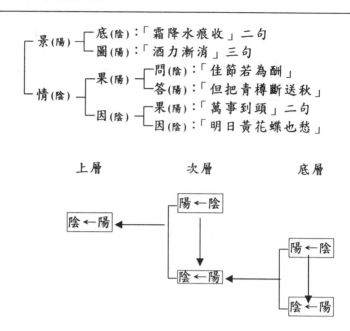

說明

這首詞是神宗元豐五年，蘇軾於重九日在涵輝樓宴席上
所作。上片寫景，以「霜降水痕」、「淺碧鱗鱗」帶出一片清
遠的境界在此背景的烘托之下，詞人酒力漸消，而漸軟的風
力仍吹不落多情的破帽；下片抒情，作者以「但把清樽」表
現達觀之思，並直言「萬事到頭都是夢」，更展現了豁達的
襟抱。結構表的底層是「問（陰）→答（陽）」與「果（陽）
→因（陰）」結構，其一順、一逆的移位作用，使陰柔之勢
較為凸顯；次層的「底（陰）→圖（陽）」與「果（陽）→
因（陰）」結構，又形成一順、一逆的移位，形成更大的陰
柔之勢；上層的「景（陽）→情（陰）」結構，為逆向移位，
其勢又是陰柔，此陰柔之勢因居上層的核心結構而更為凸

顯。綜合三層的陰陽力度，陰柔之勢明顯地大於陽剛之勢，
使全篇呈現「柔中寓剛」的風格。陳長明分析此詞的筆法與
風格時提到：

> 全詞以景起，以情結，句句不離題目（重九樓頭飲宴），
> 處處關係懷抱（失意而達觀）。……以詩的題材內容入
> 詞，以詩的意境和語言入詞，而仍是詞的味道，就是
> 多了一層婉轉的風致。[17]

此明言這首詞「先景後情」的內在邏輯，而「婉轉的風致」
更點明了此篇陰柔的主調，恰與章法風格之「柔中寓剛」的
格調相符。

◎〈水龍吟〉　　（元豐五年，1082）

小舟橫截春江，臥看翠壁紅樓起。雲間笑語，使君高
會，佳人半醉。危柱哀絃，艷歌餘響，繞雲縈水。念
故人老大，風流未減，獨回首，煙波裡。　　推枕惘
然不見，但空江、月明千里。五湖聞道，扁舟歸去，
仍攜西子。雲夢南州，武昌南岸，昔遊應記。料多情
夢裡，端來見我，也參差是。

> 結構分析表

---

[17] 見《唐宋詞鑑賞集成・陳長明評》，頁 766。

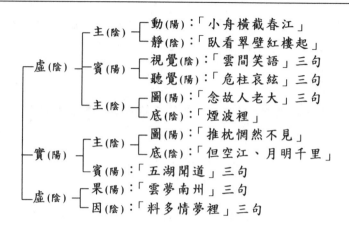

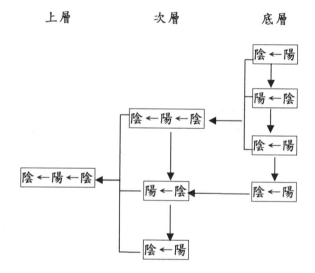

上層　　　　　　次層　　　　　　底層

說明

　　此詞是蘇軾貶居黃州時所作，旨在記夢懷人。詞的上片虛寫夢境，描繪扁舟渡江，於棲霞樓宴飲高歌的景況；下片實寫夢醒，作者不寫惘然之情，直以「空江明月千里」帶出空闊之感；「雲夢南州」以下，轉入懸想，虛寫歸隱蘇州的

好友孝終也如自己夢見此境。結構表的底層除了「視（陰）→聽（陽）」結構是順向移位之外，其餘「動（陽）→靜（陰）」、及兩疊「圖（陽）→底（陰）」結構，皆為逆向移位，其勢皆為陰柔，相形之下，底層的陰柔之勢明顯大於陽剛之勢；次層的「主（陰）→賓（陽）→主（陰）」是趨於陰柔的轉位，而「主（陰）→賓（陽）」結構與「果（陽）→因（陰）」結構則是一順、一逆的移位，其勢之消長亦趨向陰柔；上層的「虛（陰）→實（陽）→虛（陰）」結構，又是趨於陰柔的轉位，此陰柔之勢因居於上層的核心結構而變得更為凸顯。綜觀整體結構表的陰陽態勢，陰柔的力度明顯大過陽剛的力度，使全篇的整體風格呈現「柔中寓剛」的形式。鄭文綽評析此詞曾云：

> 上闋全寫夢境，空靈中雜以淒麗。過片始言情，有滄波浩渺之致，真高格也。「雲夢」二句，妙能寫閨中情景，拍煞不說夢，偏說夢來見我，正是詞筆高渾，不猶人處。[18]

其描寫夢境的筆調，是在「空靈中雜以淒麗」；言情之語也具有「滄波浩渺之致」，說明了這首詞極偏於陰柔的特色，可說是「剛中寓柔」之詞作裡更偏於陰柔的作品。

◎〈江城子〉　　　（元豐五年，1082）

> 夢中了了醉中醒。只淵明，是前生。走遍人間，依舊卻躬耕。昨夜東坡春雨足，烏鵲喜，報新晴。　　　雪

---

[18] 見鄭文綽《大鶴山人詞話》。收錄於曾棗莊《蘇詞彙評》，頁 14。

　　堂西畔暗泉鳴，北山傾，小溪橫。南望亭丘，孤秀聳曾城。都是斜川當日景，吾老矣，寄餘齡。

結構分析表

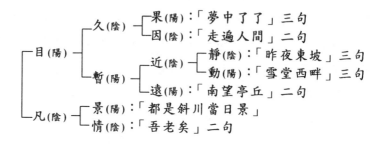

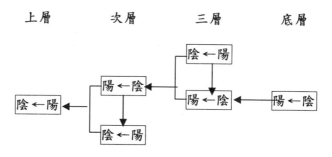

說明

　　蘇軾貶居黃州，在神宗元豐五年，躬耕於東坡，居住於雪堂，有感於舒適自在，恍如陶淵明的田園生活，於是以為東坡雪堂的初春宛如淵明的斜川之游，遂作此詞。起筆以主觀之意，直以淵明就是自己的前生，以此拉長了時空背景，為自己躬耕生涯取得一個自適的理由；其後著眼於東坡與雪堂的描寫，其動靜錯落，遠近交疊的筆法，營造了一個清遠

悠閒的境界；收拍以「斜川當日景」點明對於淵明田園生活的響慕，也帶出「寄餘齡」的深切願望。結構表的底層是「靜（陰）→動（陽）」結構，其移位作用產生趨於陽剛的力量；三層的「果（陽）→因（陰）」結構、「近（陰）→遠（陽）」結構，為一逆、一順的移位，相形之下，逆向移位所產生的陰柔之勢明顯大於順向移位所產生的陽剛之勢；次層的「久暫」結構、「景情」結構，又是一順、一逆的移位，其勢又趨於陰柔；上層的「目→凡」結構是逆向移位，其勢亦趨於陰柔。綜觀整體結構表所呈現的陰陽律動，除了底層呈現陽剛之勢外，其餘各層皆呈現陰柔的力量，全篇「柔中寓剛」之風格形式是非常明顯的。謝桃坊論述此詞的情思提到：

> 在這首〈江城子〉詞中，蘇軾彷彿與淵明神交異代，產生了共鳴。詞充滿了強烈的主觀情緒，起筆甚為突兀，直以淵明就是自己的前生。……從這首詞裡也側面反映了他與險惡環境作鬥爭的方式：躬耕東坡，自食其力，竊比淵明澹焉忘憂的風節，而且對謫居生活感到適意，怡然自樂。[19]

從詞的情理來看，蘇軾在這首詞中確實營造了一個「清遠悠閒」的意境，此意境則證明了章法風格所分析的「柔中寓剛」之律動是非常正確的。

◎〈鷓鴣天〉　　　（元豐六年，1083）

　　林斷山明竹隱牆，亂蟬衰草小池塘。翻空白鳥時時

---

[19] 見《唐宋詞鑑賞集成‧謝桃坊評》，頁 798-799。

見，照水紅蕖細細香。　　村舍外，古城旁，杖藜徐步轉斜陽。殷勤昨夜三更雨，又得浮生一日涼。

結構分析表

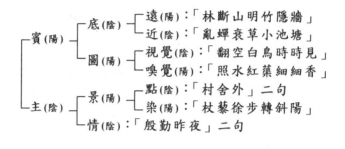

上層　　　　　　　　次層　　　　　　　　底層

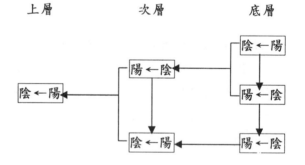

說明

此詞亦作於蘇軾謫居黃州之時，此即為其幽居生活的自我寫照。詞的上片描寫自己身處的具體環境，詞人運用了遠近交疊及感官知覺的轉換，營造了一個幽狹、無聊的意境；在這些景物的陪襯之下，下片著眼描寫詞人在古城「杖藜徐步」的神態，末二句以情語作結，表面上似乎再在感謝老天給予涼爽的春雨，而事實上「又得浮生」卻隱含著作者得過

且過、日復一日的無奈心情。結構表的底層「高（陽）→低
（陰）」結構為逆向移位，其勢趨於陰柔，而「視覺（陰）
→嗅覺（陽）」結構與「點（陰）→染（陽）」結構皆為順向
移位，其勢皆趨於陽剛，在兩順、一逆的移位作用之下，這
一層的陰柔與陽剛的勢力幾趨於平衡；次層的「底（陰）→
圖（陽）」結構、「景（陽）→情（陰）」結構，又是一順、
一逆的移位，其勢趨於陰柔；上層的「賓（陽）→主（陰）」
結構，其逆向移位又形成趨於陰柔的力量。整體而言，底層
的剛柔相濟可以暫時不論，次層與上層的陰柔力度皆大於陽
剛的力度，使全篇的陰柔之勢成為主調，呈現出「柔中寓剛」
的風格形式。陸永品在論述此詞的意象時提到：

> 總觀全詞，從詞作對特定環境的描寫和作者形象的刻
> 畫，可以看到一個抑鬱不得志的閑人的形象，所謂其身
> 則閑，其心則苦了。[20]

從這段意象經營的敘述中，我們可以感受到作者寧靜卻無奈
的情緒，更可以感受到這首詞呈現蘇詞中常見的「清遠」之
風，此風格類型當然是以「柔中寓剛」為基調的另一種詮釋。

◎〈滿庭芳〉　　　（元豐七年，1084）

歸去來兮，吾歸何處？萬里家在岷峨。百年強半，來
日苦無多。坐見黃州再閏，兒童盡、楚語吳歌。山中
友，雞豚社酒，相勸老東坡。　　云何？當此去，人
生底事，來往如梭。待閑看，秋風洛水清波。好在堂

---

20 見《唐宋詞鑑賞集成・陸永品評》，頁 752。

前細柳，應念我、莫剪柔柯。仍傳語，江南父老，時
與曬漁蓑。

結構分析表

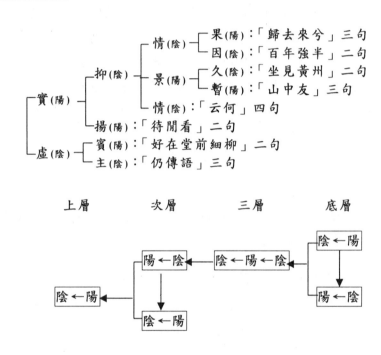

說明

這首詞是蘇軾在元豐七年留別黃州父老所作。起筆「歸
去來兮」三句，表達了欲歸不得的悵恨；其後描寫長久以來
與黃州父老的深切情誼，於是在臨別之際，爲我殺雞作酒，
熱情款待；下片「云何」以下四句，又轉入抒情，傳達了人
生何寄、來往如梭的感嘆；其後筆勢一揚，瞻望自己即將到
達之地，欲以隨緣的心情代替離別的愁苦；收拍以虛寫結

句，期望黃州父老莫折其堂前細柳，並時時爲曬漁蓑，傳達
了自己未來欲重返此地的期望。結構表的底層是「果（陽）
→因（陰）」結構與「久（陰）→暫（陽）」結構，其一順、
一逆的移位作用，凸顯了陰柔的力度；三層是「情（陰）→
景（陽）→情（陰）」，其轉位作用形成趨於陰柔的力量；次
層的「抑（陰）→揚（陽）」結構與「賓（陽）→主（陰）」
結構又是一順、一逆的移位，其陰柔的勢力本來較大，然而
「抑→揚」結構的對比質性增強了陽剛的力度，使這一層的
剛柔幾近於平衡；上層的「實（陽）→虛（陰）」結構，是
逆向移位，其勢又趨於陰柔。整體而言，結構表所呈現的的
陰陽之勢，除了次層是趨近剛柔相濟之外，其餘各層皆呈現
趨於陰柔的力量可見全篇的陰柔之勢是非常明顯的。劉揚忠
云：

> 本篇的優點，就在情真意切這四個字上。尤其是上下
> 兩片的後半，不但情致溫厚，屬辭雅逸，而且意象鮮
> 明，婉轉含蓄，是構成這個抒情佳篇的兩個高潮。[21]

其所謂「情致溫厚」、「屬辭雅逸」、「婉轉含蓄」的評論，都
是此詞「柔中寓剛」之風格的最佳註腳。

◎〈如夢令〉 （哲宗元祐二年，1087）

> 爲向東坡傳語，人在玉堂深處。別後有誰來？雪壓小
> 橋無路。歸去，歸去，江上一犁春雨。

---

[21] 見《唐宋詞鑑賞集成·劉揚忠評》，頁 705。

結構分析表

```
 ┌實(陽):「為向東坡傳語」二句
 │          ┌景(陽):「別後有誰來」二句
 └虛(陰)─┤          ┌果(陽):「歸去」二句
            └情(陰)─┤
                      └因(陰):「江上一犁春雨」
```

```
     上層              次層              底層

  ┌──────┐      ┌──────┐      ┌──────┐
  │陰←陽│◄──── │陰←陽│◄──── │陰←陽│
  └──────┘      └──────┘      └──────┘
```

說明

　　這首詞作於蘇軾任官翰林學士之時，旨在抒寫懷念黃州之情，表達歸耕東坡之意。起筆二句，實寫自己身在朝廷的景況，表達思念黃州之情；「別後」二句落入虛寫，是蘇軾對別後黃州荒涼景象的揣想；收拍以「歸去」作結，想像那黃州的一犁春雨，傳達了極欲歸去的心情。結構表分三層，各為「實（陽）→虛（陰）」結構、「景（陽）→情（陰）」結構與「果（陽）→因（陰）」結構，三者皆為逆向移位，其勢皆為陰柔，此陰柔之勢愈居於上層，其力度愈趨明顯，故全篇呈現「柔中寓剛」的風致是顯而易見的。何均地評論此詞的特色有云：

　　　　這闋〈如夢令〉是蘇軾的韶秀之作，像山間的一灣清
　　　溪，向西天的一抹晚霞，淡雅自然，無一字雕刻，無

　　一語奇險，無毫釐粗豪氣息。[22]

所謂「淡雅自然」的特色，正是此詞「柔中寓剛」之風的具
體印證。

◎〈南歌子〉　　（元祐五年，1090）

　　山與歌眉斂，波同醉眼流。游人都上十三樓，不羨竹
西歌吹、古揚州。　　　菰黍連昌歜，瓊彝倒玉舟。誰
家〈水調〉唱歌頭，聲繞碧山飛去、晚雲留。

結構分析表

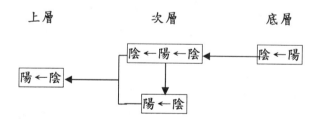

說明

---

[22] 見《唐宋詞鑑賞集成・何均地評》，頁844。

　　這是蘇軾任杭州知州時的作品，旨在描寫杭州的游賞之樂。詞一開頭就描寫作者與其同伴面對湖光山色，開懷暢飲、盡情聽歌的熱烈景況，並藉由古揚州的竹西亭來襯托十三樓的勝景；下片起筆仍接續上片宴歌之況，描寫普通的宴會食材，以表明詞人游賞並不在乎口腹之慾，而是貪戀湖山之美，追求精神上的快樂；於是結句將場景宕開，結合視覺與聽覺的意象，渲染出歌吹悠揚、湖山縹緲的深遠意境。結構表的底層是「染（陽）→點（陰）」結構，其逆向移位形成趨於陰柔的力量；次層的「主（陰）→賓（陽）→主（陰）」結構，其轉位作用形成極明顯的陰柔之勢，此陰柔之勢不僅大於「點（陰）→染（陽）」結構所形成的陽剛之勢，更大於上層「近（陰）→遠（陽）」結構所形成的陽剛之勢，使全篇在「主（陰）→賓（陽）→主（陰）」的轉位作用中，呈現「柔中寓剛」的詞風。謝楚發分析說：

> 此詞以寫十三樓為中心，但並沒有將這一名勝的風物作細緻的刻畫，而是用寫意的筆法，著意描繪聽歌、飲酒等雅興豪舉，烘托出一種與大自然同化的精神境界，給人一種飄然欲仙的愉悅之感。……作者利用歌眉與遠山、目光與水波的相似，賦予遠山和水波以人的感情，創造出「山與歌眉斂，波同醉眼流」的迷人的藝術佳境。[23]

這段論述是針對次層的「主→賓→主」結構而發，其謂「烘托出一種與大自然同化的精神境界，給人一種飄然欲仙的愉悅之感」，實為一種天人合一的悠遠美感，這種美感應是偏

---

[23] 見《唐宋詞鑑賞集成・謝楚發評》，頁 772。

於陰柔的，恰與章法風格所分析的「柔中寓剛」的特色不謀
而合。

◎〈減字木蘭花〉　　（元祐五年，1090）

　　雙龍對起。白甲蒼髯煙雨裡。疏影微香。下有幽人畫
　　夢長。　　湖風清軟。雙鶴飛來爭噪晚。翠颭紅輕。
　　時下凌霄百尺英。

結構分析表

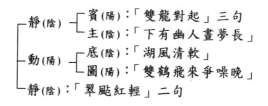

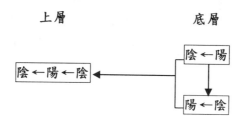

說明

　　此詞主要是應僧人之請，描寫僧人居處的古松與凌霄花
的景致。起筆「雙龍對起」四句，以及結尾「翠颭紅輕」二
句，都在描寫古松與凌霄花沈靜的神態，就連僧人也是沈睡

其中；而「胡風清軟」二句，卻利用清風與雙鶴的爭噪，對比前後景致所營造的寧靜，使得這一分寧靜更加地清虛悠遠。結構表的底層是「賓（陽）→主（陰）」結構與「底（陰）→圖（陽）」結構，其一逆、一順的移位，突顯出逆向移位的陰柔之勢；再以上層的「靜（陰）→動（陽）→靜（陰）」結構是趨於陰柔的轉位，而「動靜」結構對比的質性，又強化了此一陰柔的力度，使全篇的陰柔的力量遠大於陽剛的力量，形成「柔中寓剛」的詞風。陳華昌分析此詞：

> 縱觀全詞，在對立中求得和諧，是其創造意境的藝術特色。整首詞寫的物象只有兩種：古松和凌霄花。前者是陽剛之美，後者是陰柔之美。……就是在這種對立的和諧之中，詞人創造出了一種超然物外、虛靜清空的藝術境界。[24]

其言此詞「在對立中求得和諧」，除了說明古松與凌霄花在意象上的對比之外，也強調全篇在動景與靜景的交錯對立中，凸顯了幽獨的美感。此言「超然物外、虛靜清空的藝術境界」也正是「柔中寓剛」之詞風的具體詮釋。

◎〈賀新郎〉 （未編年）

> 乳燕飛華屋，悄無人、桐陰轉午，晚涼新浴。手弄生綃白團扇，扇手一時似玉。漸睏倚、孤眠清熟。簾外誰來推繡戶？枉教人夢斷瑤臺曲。又卻是、風敲竹。
> 石榴半吐紅巾蹙，待浮花浪蕊都盡，伴君幽獨。穠豔

---

[24] 見《唐宋詞鑑賞集成·陳華昌評》，頁 848。

一枝細看取，芳心千重似束。又恐被、西風驚綠。若
待得君來，向此花前，對酒不忍觸。共粉淚、兩簌簌。

結構分析表

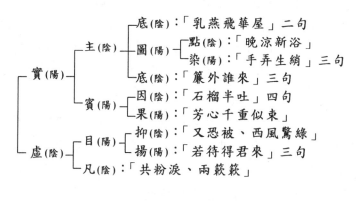

上層　　　　次層　　　　三層　　　　底層

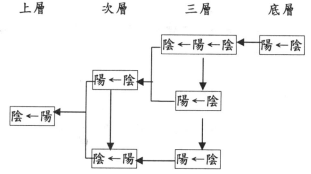

說明

　　這首詞是蘇軾藉描寫美人以寄託身世之感的作品。上片
主要在描寫美人「晚涼新浴」、「孤眠清熟」的神態，在幽靜
的華屋以及簾外清風等環境的烘托之下，更顯出美人清澄閒
雅的神韻；下片轉寫「石榴半吐」的情狀，襯托出美人「幽

獨」的心情；其後轉入虛寫，「又恐被、西風驚綠」表達美
人心中的擔心，而「待得君來」三句卻揚起美人的期待遐想，
結尾「共粉淚、兩簌簌」，更帶出一種遙遙無期的無奈。結
構表的底層為「點（陰）→染（陽）」結構，其順向移位形
成趨於陽剛的力量，由於居於底層，故對於全篇的剛柔之勢
影響不大；三層的「底（陰）→圖（陽）→底（陰）」結構
是趨於陰柔之勢的轉位，其陰柔的力度遠大於「因（陰）→
果（陽）」結構與「抑（陰）→揚（陽）」結構所形成的陽剛
之勢；而上層的「實（陽）→虛（陰）」結構，又為逆向移
位，其勢又趨於陰柔。綜合結構表各層的陰陽態勢，除了底
層出現陽剛之勢外，其餘各層的律動皆趨於陰柔，可見全篇
應呈現趨於「柔中寓剛」的風格。歷來詞話對於此詞詞風的
評價多偏於陰柔之論，如丁紹儀所云：

> 其詞寄託深遠，與詠雁〈卜算子〉云「缺月掛疏桐」同
> 一比興。[25]

黃昇《蓼園詞評》亦曰：

> 末四句，是花是人，婉曲纏綿，耐人尋味不盡。[26]

所謂「寄託深遠」、「婉曲纏綿」皆指明此詞偏於陰柔的風趣。
而高原曾說：

> 它隱隱寓含著「君臣遇合」和超然物外兩種理想境
> 界。……可嘆「浮花浪蕊」偏能惑主，他仕途多舛，

---

[25] 見丁紹儀《聽秋聲館詞話》，卷 11。收錄於曾棗莊《蘇詞彙評》，
頁 137。
[26] 見黃氏《蓼園詞評》。收錄於曾棗莊《蘇詞彙評》，頁 138。

壯志難酬，而年華如水，期待無期，乃借佳人失時之
態，寄政治失意之感。[27]

如其所言爲真，則此詞又包含了深刻含蓄的筆觸，結合前述
陰柔風趣之評，更符合了章法風格分析之「柔中寓剛」的格
調。

◎〈蝶戀花〉　　（未編年）

花褪殘紅青杏小。燕子飛時，綠水人家繞。枝上柳綿
吹又少，天涯何處無芳草！　　牆裏鞦韆牆外道。牆
外行人，牆裏佳人笑。笑漸不聞聲漸悄，多情卻被無
情惱。

結構分析表

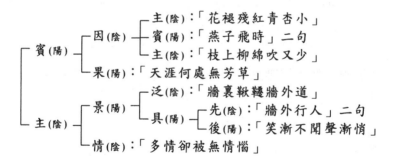

---

[27] 見《唐宋詞鑑賞集成・高原評》，頁 785。

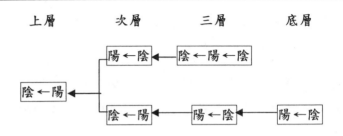

上層　　　　　次層　　　　　三層　　　　　底層

說明

　　這首詞是蘇軾婉約詞的代表作。上片主寫柳絮，其「枝上柳綿吹又少」傳達了深沈的傷春之情，而「天涯何處無芳草」卻表現了曠達的襟懷；下片主寫佳人，作者在牆裡、牆外營造了一種藏露兼備的氣氛，他藏起佳人的神態，卻洩漏了佳人的笑聲，以致於牆外「多情」的行人，縈繞著無限的遐想與情思。結構表底層是「先（陰）→後（陽）」結構，其勢趨於陽剛；三層的「主（陰）→賓（陽）→主（陰）」結構形成趨於陰柔之勢的轉位，此陰柔之勢遠大於「泛（陰）→具（陽）」結構所形成的陽剛之勢；次層的「因（陰）→果（陽）」結構與「景（陽）→情（陰）」結構，又是一順、一逆的態勢，使陰柔之勢較為凸顯；上層的「賓（陽）→主（陰）」結構為逆向移位，其勢又趨於陰柔，綜合各層陰陽之勢，可以明顯看出全篇「柔中寓剛」的內在規律。木齋評此詞云：

　　　　蘇軾以其曠世之才，開創了一代豪放詞風，拓寬了詞的境界，但豪放並不是他唯一的風格，他既有「老夫聊發少年狂」的豪爽之氣，也不乏「似花還似非花」、「枝上柳棉」那樣婉約之情懷，但絕無婉約派中許多

人的香軟濃豔之氣。從這首小詞，我們就可以看出他
清新嫵媚的別一風格。[28]

就這首詞的意象經營來說，確實充滿了深沈婉摯的情感，而
蘇軾的婉約詞風確實不同於傳統「香軟濃豔」，此謂「清新
嫵媚」實深中肯綮之評，也符合「柔中寓剛」的風致。

◎〈蝶戀花〉　　（未編年）

蝶懶鶯慵春過半。花落狂風，小院殘紅滿。午醉未醒
紅日晚，黃昏簾幕無人捲。　　雲鬢鬆鬆眉黛淺。總
是愁媒，欲訴誰消遣。未信此情難繫絆，楊花猶有東
風管。

結構分析表

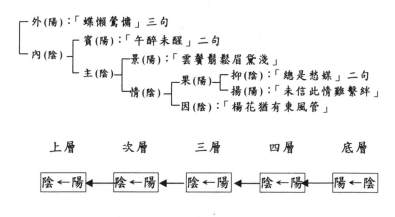

說明

---

[28] 見木齋《唐宋詞流變》，頁 164-165。

這是一首表現閨情的小詞。起筆三句描寫室外「慵春過半」的景致，「午醉未醒」以下，將場景轉入室內，在黃昏紅霞的照耀之下，襯托佳人鬢散眉淺的慵懶神態；「總是愁媒」轉而抒情，其無處消遣、情難繫絆的愁緒，將愁情推向高峰，其自比楊花，更覺淒惻動人。結構表共分五層。底層是「抑（陰）→揚（陽）」結構，其順向移位形成趨於陽剛的力量；而四層的「果（陽）→因（陰）」結構、三層的「景（陽）→情（陰）」結構、次層的「賓（陽）→主（陰）」結構，乃至於上層的「外（陽）→內（陰）」結構，皆為形成陰柔之勢的逆向移位，總和這四層的陰柔之勢，其力度遠大於陽剛之勢，使全篇呈現「剛中寓柔」的風致。劉乃昌分析此詞的意象提到：

> 全詞用「蝶」、「鶯」、「殘紅」、「簾幕」、「雲鬢」、「楊花」等柔美的意象，來烘托少女的形象；用春意闌珊的環境，來映現少女傷春的心境。句句傷春情懷，但通篇不露傷春字面，所謂「言其用而不言其名」，有含蓄不露、詞綺情婉之妙。⋯⋯本篇顯示出東坡詞縝密婉約有似溫、韋的一面。[29]

所謂「含蓄不露、詞綺情婉之妙」、「縝密婉約有似溫、韋的一面」，皆說明這首詞確實具備了「柔中寓剛」的基本格調。

結　語

---

[29] 見《唐宋詞鑑賞集成·劉乃昌評》，頁 873。

　　婉約詞的發展，從《花間》、《尊前》的香豔穠麗，到北宋小詞的雅麗疏澹，均脫離不了男歡女愛、離愁別緒的題材。蘇軾的婉約詞除了繼承晚唐、五代，以至宋初的傳統詞風之外，更擴大了詞的內容，除了上述題材，凡山光水色、農村生活、節候時令、宦海浮沈、人生際遇等題材，皆融入了東坡的婉約詞作之中，使其婉約詞多了「清遠」、「幽獨」的情調。本章以章法風格的理論，梳理東坡詞「柔中寓剛」的內在條理，相信可以提供其詞風的不同詮釋。

第六章
東坡詞「剛柔相濟」之章法風格

從章法風格的角度來說，所謂「剛柔相濟」的風格，是指辭章中陽剛與陰柔的成分相等或趨近於相等的一種態勢。但是檢驗實際作品的內在律動，其剛柔相等的形式是很少見的，以東坡詞來說，也是寥寥可數；至於辭章中剛柔成分趨近於相等的情況，可以從其章法結構的陰陽律動察知，本章即針對這種形式，選取蘇軾的詞作，從辭章結構分析表所呈現的陰陽進紲，探討其剛柔成分趨近於相等的詞風。

就東坡詞而言，其「剛柔相濟」的詞風，即其作品中兼具「清」與「雄」或「清」與「峻」的詞風。本章選取東坡十六首具有「剛柔相濟」之特色的詞作，分析其章法風格的內在律動，並結合學者對其詞風之評價，以印證東坡「清雄」、「清峻」之詞風，與章法風格「剛柔相濟」的形式相合。

◎〈醉落魄〉　　　（神宗熙寧七年，1074）

蒼顏華髮。故山歸計何時決！舊交新貴音書絕。惟有佳人，猶作殷勤別。　　離亭欲去歌聲咽。瀟瀟細雨涼生頰。淚珠不用羅巾裛。彈在羅衣，圖得見時說。

結構分析表

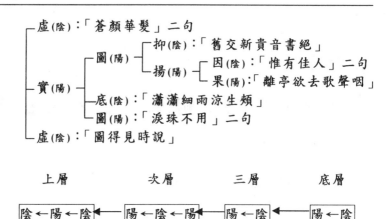

這首詞是蘇軾移任密州知州，途經蘇州時，送給歌妓的作品。起筆二句虛寫自己無計歸鄉，再轉回現實的遭遇與感慨，一方面感嘆政治失意，舊交叛離，另一方面又珍惜蘇州歌妓的懇切情意，蘇軾在此離亭欲去之際，將歌妓殷勤送別的情景表現得淋漓盡致，結句「圖得見時說」又充滿了纏綿之感。結構表的底層是「因（陰）→果（陽）」結構，其順向移位產生趨於陽剛的力量；次層為「抑（陰）→揚（陽）」結構，其順向移位又產生趨於陽剛的力量，且「抑揚」章法的對比質性之故，其陽剛之勢又增強；次層的「圖（陽）→底（陰）→圖（陽）」結構，其轉位形成趨於陽剛的力量；上層的「虛（陰）→實（陽）→虛（陰）」結構，則是趨於陰柔之勢的轉位。從整體來看，上層為核心結構，其陰柔的力度大於次層的陽剛之勢，本應凸顯出陰柔的力量，而三層與底層的陽剛之勢卻將此力量消弱，使整體的律動趨於「剛柔相濟」的態勢。湯易水、周義敢評此詞云：

（蘇軾）沿用晚唐五代以來婉約詞的某些寫作技巧來寫歌妓，但不寫淺斟低唱，不涉艷冶風情，而是以幽怨纏綿的手法，表達身世之感和政治懷抱。[1]

所謂「幽怨纏綿」，即陰柔的風致，而作者描寫歌妓強烈的離情，與批判舊交新貴的勢利，則展現了陽剛之氣，其「剛柔相濟」的風格情調是非常明顯的。

◎〈鵲橋仙〉　　　（熙寧七年，1074）

侯山仙子，高情雲渺，不學癡牛騃女。鳳簫聲斷月明中，舉手謝時人欲去。　　　客槎曾犯，銀河波浪，尚帶天海風雨。相逢一醉是前緣，風雨散、飄然何處？

結構分析表

---

[1] 見《唐宋詞鑑賞集成‧湯易水、周義敢評》（臺北：五南圖書公司，2001 年 12 月初版二刷），頁 841。

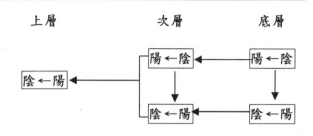

說明

這首詞以七夕爲題,乃爲送別友人陳令舉所作。上片以仙人故事開端,在一褒一貶之間,傳達了對於「侯山仙子」超塵撥俗、不爲柔情羈絆的傾慕之意。其意在烘托下片的離愁,並再次運用抑揚對比的筆法以凸顯心中的無限感慨。結構表底層爲「抑(陰)→揚(陽)」及「揚(陽)→抑(陰)」結構,相互抵消之下,陰柔之氣稍強;次層「泛(陰)→具(陽)」結構產生陽剛之氣,與「景(陽)→情(陰)」結構所產生的陰柔之氣相抵,仍是陰柔之勢較強;上層「賓(陽)→主(陰)」爲核心結構,其所產生的陰柔之氣主導全篇的風格,但是此篇「抑揚」章法的對比質性,產生部分陽剛之氣,對於全篇陰柔之勢有若干影響,遂使整首詞的內在律動形成「剛柔相濟」的態勢。劉乃昌評曰:

> 蘇軾寫七夕,擺脫了兒女豔情的舊套,借以抒寫送別的友情,且用事上雖緊扣七夕,格調上卻能以飄逸超曠,取代纏綿悱惻之風,使人讀來,深感詞人逸懷浩氣,超乎塵垢之外。[2]

---

[2] 見《唐宋詞鑑賞集成・劉乃昌評》,頁 776。

其用「飄逸超曠」來概括此詞的基本格調，並強調詞人所展現的「逸懷浩氣，超乎塵垢之外」的意象，即已證明這首詞「剛柔兼具」的主調。

◎〈虞美人〉　　　（熙寧七年，1074）

湖山信是東南美，一望彌千里。使君能得幾回來？便使樽前醉倒更徘徊。　　沙河塘裡燈初上，水調誰家唱？夜闌風靜欲歸時，惟有一江明月碧琉璃。

結構分析表

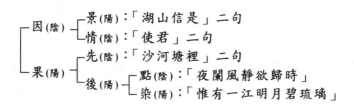

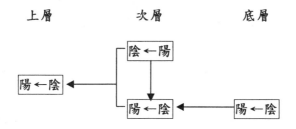

說明

這是蘇軾通判杭州時，爲陳述古餞行所作。詞的上片從大處描寫湖山景致，營造了一個開闊宏遠的意境。其後抒發

惜別之情，盼能與使君置酒高會，「尊前醉倒」。下片描寫宴飲時的夜景，作者點明「夜闌風靜」的沙河塘上，並藉由〈水調〉悲歌與江上明月渲染出淒清闊遠的風致。結構表底層的「點（陰）→染（陽）」結構產生了陽剛之氣；次層「景（陽）→情（陰）」結構所形成的陰柔之勢漸強，而「先（陰）→後（陽）」結構的陽剛之勢又將其拉回；上層的「因（陰）→果（陽）」結構所形成的陽剛之勢主導全篇的律動，但是整體而言剛柔的力度相差不多。周義敢分析此詞云：

> 官場餞行，即席賦詩詞，或贊行人之顯貴，或想像道途風光，常常因陳襲舊，僅是應酬而已。而蘇軾此首以真情出之，寫得深沈委婉，真實誠摯。……通篇八句，有六句直接寫景，景物有動有靜，有雄放有清麗，做到了動靜相生，剛柔相濟。[3]

就作品中寫景部分而言，作者所營造的是一種清遠宏闊的景致，此固然「有雄放有清麗」，只是「雄放」的氣勢較多，而「清麗」的風致較少，然而其言「動靜相生，剛柔相濟」仍然點出了此篇風格「剛柔相濟」的特色。

◎〈江城子〉 （熙寧八年，1075）

> 十年生死兩茫茫。不思量，自難忘。千里孤墳，無處話淒涼。縱使相逢應不識，塵滿面，鬢如霜。　　夜來幽夢忽還鄉。小軒窗，正梳妝。相顧無言，唯有淚千行。料得年年腸斷處，明月夜，短松岡。

---

[3] 見《唐宋詞鑑賞集成・周義敢評》，頁 833。

結構分析表

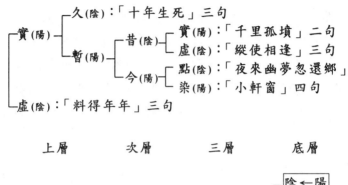

說明

　　這首詞是蘇軾爲追念其亡妻王弗逝世十年的作品。起筆
三句敘述自己十年來不曾忘懷對亡妻的思念；其後追憶過去
祭拜孤墳的景象，「千里孤墳，無處話淒涼」寫得極爲沈痛，
而「縱使相逢應不識」三句又藉由假設之語表達對愛妻的懷
念，其悲痛又加深一層；下片轉回當下夢境的描寫，其「相
顧無言，唯有淚千行」傳達了陰陽兩隔、無處敘情的淒涼之
感；結尾三句以料想未來作結，其描寫「明月夜，短松岡」，
帶出淒清幽獨的情境，也表達作者綿綿無絕的傷逝之情。結
構表共分四層，底層爲「實（陽）→虛（陰）」結構與「點
（陰）→染（陽）」結構，在一逆向、一順向的移位作用之
中，形成**趨**於陰柔的力量；三層爲「昔（陰）→今（陽）」

結構，是順向的移位，其勢趨於陽剛；次層爲「久（陰）→暫（陽）」結構，亦爲順向移位，其勢又趨於陽剛；上層爲「實（陽）→虛（陰）」結構，是趨於陰柔之勢的逆向移位。從整體結構表觀之，上層與底層呈現趨於陰柔的力量，此一陰柔之勢，又因爲次層與三層的陽剛之勢，使其陰柔的力度減弱，全篇陰柔的力量雖然仍大於陽剛的力量，兩者卻相差不遠，故可視爲「剛柔相濟」的風格形式。王師更生論此詞風格提到：

> 作者以長短不同的句式，抑揚頓挫的音節，充分表達了悲痛的感情。他以白描的手法，樸實的語言，創造出纏綿悱惻，濃摯悲涼的意境，在當時流行的淺斟低唱的詞風中，確實是別樹一幟。[4]

其筆法是樸實白描的，其情感卻是纏綿悱惻，就是在陽剛的內在條理中透露出陰柔的風致，從整體觀之，則呈現了「剛柔互濟」的特色，確實有別於一般悼亡詞的哀怨淒絕。

◎〈望江南〉　　（熙寧九年，1076）

> 春未老，風細柳斜斜。試上超然臺上看，半壕春水一城花。煙雨暗千家。　　寒食後，酒醒卻咨嗟。休對故人思故國，且將新火試新茶。詩酒趁年華。

結構分析表

---

[4] 見王更生《蘇軾散文研讀‧蘇軾生平事蹟》（臺北：文史哲出版社，2001年2月初版），頁29。

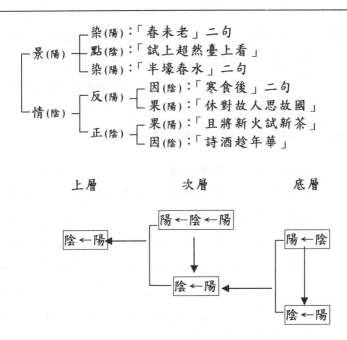

說明

這首詞作於蘇軾任密州知州之時，其內容在抒發登超然臺的所見所感。詞的上片寫景，其點出登超然臺的時空背景，再鋪敘其所見之春水、春花，寫來春意盎然；下片抒情，首先抒發面對清明寒食的負面情緒，由眼前之景引發「酒醒卻咨嗟」、「思念故國」之嘆，其後情緒轉而開朗，「詩酒趁年華」展現了忘卻塵俗的超然心境。結構表的底層爲順向的「因（陰）→果（陽）」結構與逆向的「果（陽）→因（陰）」結構，在一順、一逆的移位作用之下，凸顯出陰柔的力量；次層的「染（陽）→點（陰）→染（陽）」結構爲趨於陽剛之勢的轉位，而「反（陽）→正（陰）」結構是逆向移位，其勢趨於陰柔，相較於兩者的勢力，其陽剛的力度明顯多於陰

柔的力度；上層的「景（陽）→情（陰）」結構是逆向移位，其勢又趨於陰柔。整體而言，上層為核心結構，其結合底層的律動，本形成陰柔的力量，但是次層陽剛的力度仍大，減弱了部分的陰柔之勢，形成了幾近於「剛柔相濟」的風格。施議對評論此詞的意象與特色提到：

> 全詞所寫，緊緊圍繞著「超然」二字，至此，即進入了「超然」的最高境界。這一境界，便是蘇軾在密州時期心境與詞境的具體體現。……這首詞從「春未老」說起，既是針對時令，謂春瓦、春柳、春水、春花尚未老去，仍然充滿春意，生機蓬勃，同時也是針對自己老大無成而發的，所謂春未老而人空老，可見心裡是不自在的。從這個意義上看，蘇東坡實際上並不真能「超然」。這種似是非是的境界，正是東坡精神世界的真實體現。[5]

這首詞包含了蘇軾的兩種心境：有思念故國、感嘆身世的悲抑，也有忘卻紅塵、超然物外的曠達。兩種心境其實各營造了不同的藝術特色，就風格而言，悲抑之情偏於陰柔，而曠達之氣偏於陽剛，可見這首詞在風格上確實呈現「剛柔相濟」的形式。

◎〈洞仙歌〉　　（熙寧十年，1077）

> 江南臘盡，早梅花開後。分付新春與垂柳。細腰肢、自有入格風流。仍更是、骨體清英雅秀。　　永豐方

---

[5] 見《唐宋詞鑑賞集成‧施議對評》，頁 777。

那畔，盡日無人，誰見金絲弄晴晝？斷腸是飛絮時，
綠葉成陰，無箇事、一成消瘦。又莫是東風逐君來，
便吹散眉間，一點春皺。

結構分析表

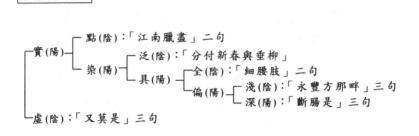

說明

　　這首詞的寫作年代不詳，其內容大致以「詠柳」為主。
詞的上片描寫楊柳的風流標格，起筆二句先點明時空，其後
再具體描寫楊柳如少女般的姿態，並用「清英雅秀」來稱頌
其獨特的風韻；下片則偏重於楊柳的遭遇描寫，其「斷腸飛
絮」、「綠葉成陰」，將柳樹淒苦的身世表現的淋漓盡致，「一
成消瘦」更將此身世遭遇極於顛峰；結尾三句轉入虛寫，表
面上期待東風吹拂，使柳展眉，實則前景茫然，語調充滿悲
淒。結構表的底層為「淺（陰）→深（陽）」結構，四層為
「全（陰）→偏（陽）」結構，三層為「泛（陰）→具（陽）」
結構，次層為「點（陰）→染（陽）」結構，四者皆為順向

移位，其勢皆趨於陽剛；而上層為「實（陽）→虛（陰）」結構，是逆向移位，其勢趨於陰柔。在章法風格的理論上，在相同的條件下，逆向移位所形成的陰柔之勢本來就大於順向移位的陽剛之勢，再加上此篇有五層結構，欲趨於上層其力度愈大，故居於上層的逆向移位當然呈現最強的陰柔之勢，其力度足以中和前面四層所產生的陽剛的力量，使全篇風格趨近於「剛柔相濟」的形式。劉乃昌論此詞風格提到：

> 就風格而論，此詞纏綿幽怨，嫻雅婉麗，曲盡垂柳風神，天然秀美處有似次韻章質夫的〈楊花詞〉，而又別句一段傾城之姿。可以說，這是東坡婉約詞的又一佳篇。[6]

從意象營造來說，這首詞確實充滿了「纏綿幽怨」、「嫻雅婉麗」的特色，我們試從章法風格的角度，看出實寫部分的筆調清圓流暢，可梳理出作品的陽剛之氣，其兼具剛柔風致並非毫無道理可尋。

◎〈永遇樂〉　　（元豐元年，1078）

明月如霜，好風如水，清景無限。曲港跳魚，圓荷瀉露，寂寞無人見。　如三鼓，鏗然一葉，黯黯夢雲驚斷。夜茫茫，重尋無處，覺來小園行遍。　天涯倦客，山中歸路，望斷故園心眼。燕子樓空，佳人何在，空鎖樓中燕。古今如夢，何曾夢覺，但有舊歡新怨。異時對、黃樓夜景，為余浩歎。

---

[6] 見《唐宋詞鑑賞集成·劉乃昌評》，頁787。

結構分析表

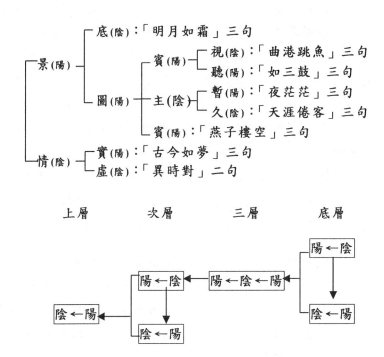

說明

此詞作於神宗元豐元年，時蘇軾正從密州知州改知徐州，此乃藉「夜宿燕子樓，夢盼盼」來抒發對宇宙人生的思考與感嘆。起筆鋪寫燕子樓的清景，其後透過「曲港跳魚，圓荷瀉露」、「三鼓鏗然」以及「燕子樓空」之致，襯托「天涯倦客」、「望斷故園」的孤寂與惆悵；收拍以抒情作結，有實寫「古今如夢」的慨嘆，也有虛寫「未來亦如今日之浩嘆」的哲思。結構表共分四層，底層有順向的「視覺（陰）→聽覺（陽）」結構，其勢趨於陽剛，以及逆向的「暫（陽）→

久（陰）」結構，其勢趨於陰柔，在一順、一逆之下，仍凸顯了陰柔的力量；三層的「賓（陽）→主（陰）→賓（陽）」為趨於陽剛之勢的轉位，此陽剛之勢頗為強烈；次層有「底（陰）→圖（陽）」結構，為順向移位，以及「實（陽）→虛（陰）」結構，為逆向移位，在一順、一逆的移位之間，又凸顯了陰柔的力量；上層的「景（陽）→情（陰）」結構，是逆向移位，其勢亦趨於陰柔。整體而言，結構表的底層、次層與上層，其陰柔之勢較為凸顯，且上層為核心結構，其陰柔之勢應為主導全篇的主要力量，但是三層的「賓→主→賓」轉位所形成強大的陽剛之勢，卻又將整體的陰柔之勢拉回，使全篇仍趨近於「剛柔相濟」的態勢。吳惠娟評此詞云：

> 夢斷盼盼之情黯黯，望斷故園之情惘惘，詞人悟得古今同夢，便情為理化，從情之纏礙中獲得解脫，變得超曠放達，喜怒哀樂乃至榮辱毀譽，全然無意留存於心間，見出格高韻勝。故此詞雖和婉淡麗而不失其高曠清雄，議論灑脫而不流於枯燥寡味。[7]

其言「和婉淡麗而不失其高曠清雄，議論灑脫而不流於枯燥寡味」，正是此詞「剛柔相濟」之風格的具體寫照，也印證了章法風格所分析的內在律動。

◎〈浣溪沙〉　　（元豐元年，1078）

照日深紅暖見魚，連溪暗綠晚藏烏。黃童白叟聚睢盱。　　麋鹿逢人雖未慣，猿猱聞鼓不須呼。歸家

---

7 見《唐宋詞鑑賞集成・吳惠娟評》，頁 824。

說與採桑姑。

結構分析表

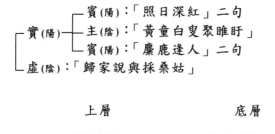

```
        ┌─ 賓(陽):「照日深紅」二句
   實(陽)┼─ 主(陰):「黃童白叟聚睢盱」
┌─      └─ 賓(陽):「麋鹿逢人」二句
└─ 虛(陰):「歸家說與採桑姑」


        上層                    底層

     ┌─────────┐          ┌──────────────┐
     │ 陰←陽   │◄────────│ 陽←陰←陽     │
     └─────────┘          └──────────────┘
```

說明

　　這首〈浣溪沙〉是蘇軾知徐州時，往石潭謝雨，途經農村所記下的觀感。詞計五首，此為首篇。此詞記載石潭的村野風光，並描寫了聚觀謝雨儀式民眾的歡樂景況。作者藉由自然景物來襯托「黃童」、「白叟」的歡樂，使整首詞充滿著歡樂悅動的氣氛，末句以虛設之筆帶出村民歸家的情緒。周嘯天在分析這首詞的筆法提到：

　　　　詞中始終沒有正面寫謝雨之事，只從鼓聲間接透露了
　　　　一點消息。卻寫到日、村、潭、樹等自然景物，魚、
　　　　鳥、猿、鹿等各類動物，黃童、白叟、採桑姑等各色
　　　　人物及其活動，織成一幅有聲有色的圖畫。……前五
　　　　句是實寫，末一句是虛寫，實寫易板滯，以虛相救，

始覺詞意玩味不盡。[8]

是以全詞結構以「先實後虛」為核心，以「賓→主→賓」為輔助，底層「陽→陰→陽」的轉位所形成的陽剛之勢非常強烈，而核心結構以「陽→陰」的逆向移位所形成的陰柔力度雖大，其力度仍小於底層的陽剛之勢，然其主導全篇的風格趨向，基本上仍使整首作品趨近於「剛柔互濟」的形式。

◎〈浣溪沙〉 （元豐元年，1078）

（之四）簌簌衣巾落棗花，村南村北響繰車，牛依古柳賣黃瓜。 酒困路長惟欲睡，日高人渴謾思茶。敲門試問野人家。

結構分析表

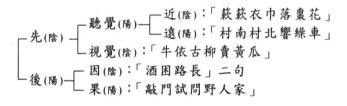

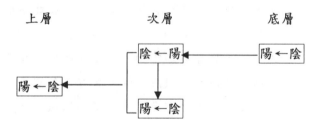

[8] 見《唐宋詞鑑賞集成・周嘯天評》，頁857。

說明

　　蘇軾任徐州知州時因祈雨、謝雨所作的五首〈浣溪沙〉，此為第四首。全詞以時間先後為主軸，上片透過視覺與聽覺的客觀摹寫，展現作者所見所聞的農村風光；下片則將自己融入農村之中，以「酒困」、「途長」之之煩勞，帶出叩門乞漿之況，寫來生動而饒富情意。結構表共分三層，其底層的「近（陰）→遠（陽）」結構，是順向移位，其勢趨於陽剛；次層有「聽覺（陽）→視覺（陰）」結構與「因（陰）→果（陽）」結構，在一順、一逆的移位作用之下，凸顯了陰柔的力量；上層為「先（陰）→後（陽）」結構，其順向移位又凸顯了陽剛的力量。整體而言，上層與底層皆呈現陽剛之勢較強的態勢，而次層的兩疊結構所凸顯的陰柔之勢，其力度略大於底層，而略小於上層，雖然消弱了陽剛的力量，但整體結構表所呈現的仍是陽剛多於陰柔的態勢，只是相差不多，故全篇風格仍歸於「剛柔相濟」的形式。周汝昌評此詞云：

> 常說天風海雨，一洗綺羅香澤之習，足令誦者胸次振爽，為之軒朗寥廓——此猶是不尋常之為奇者也。若坡公此等詞，則唯以最尋常最普通最不「值得」入詠的景物風光之為詞，此真奇外之奇。[9]

作者以最尋常之農村景況，表達為農民憂喜之情，亦充分展現「平淡自然」之風致；而所謂「軒朗寥廓」則又是此詞的另一種風格，故這首詞呈現「剛柔相濟」之特色，確實「一

---

[9] 見《唐宋詞鑑賞集成・周汝昌評》，頁 859。

洗綺羅香澤之習」，有異於一般農村詞的表現方式。

◎〈水調歌頭〉　　　（元豐三年，1080）

昵昵兒女語，燈火夜微明。恩冤爾汝來去，彈指淚和
聲。忽變軒昂勇士，一鼓填然作氣，千里不留行。回
首暮雲遠，飛絮攪青冥。　　眾禽裡，真彩鳳，獨不
鳴。儕攀分寸千險，一落百尋輕。煩子指間風雨，置
我腸中冰炭，起坐不能平。推手從歸去，無淚與君傾。

結構分析表

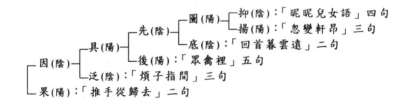

說明

　　這首詞是蘇軾隱括韓愈之〈聽穎師彈琴〉詩所作。全篇
透過具體空間形象的描述，來鋪敘琴聲，章法上亦以層層遞
進的方式，從種種個別之意象，擴大到整體的音樂感受，那
種抑揚頓挫、起伏多變的樂音，讓人有「起坐不能平」的深

刻感受,無怪乎聽者淚濕衣襟,至最後已「無淚與君傾」了。
結構表共分五層。底層為順向移位之「抑(陰)→揚(陽)」
結構,其勢趨於陽剛,且以「抑揚」章法之對比質性,使這
陽剛之勢更為增強;四層為逆向移位之「圖(陽)→底(陰)」
結構,其勢趨於陰柔;三層為順向移位之「先(陰)→後(陽)」
結構,其勢又趨於陽剛;次層又為逆向移位之「具(陽)→
泛(陰)」結構,其勢再趨於陰柔;上層為順向移位之「因
(陰)→果(陽)」結構,其勢趨於陽剛。綜觀全篇之陰陽
進絀,上層、三層與底層皆呈現陽剛之勢,本為全篇風格之
主調,然而次層與四層所呈現的陰柔之勢頗強,遂拉回陽剛
的力量,使全篇風格趨於「剛柔相濟」的態勢。劉乃昌評述
此詞的筆法與意象提到:

> 詞人巧於取譬,他運用男女談情說愛、勇士大呼猛
> 進、飄蕩的晚雲飛絮、百鳥和鳴、攀高步險等自然和
> 生活現象,極力摹寫音聲節奏的抑揚起伏和變化,藉
> 以傳達樂曲的感情色調和內容。這一系列含豐富的比
> 喻,變抽象為具體,把訴諸聽覺的音節組合,轉化為
> 訴諸視覺的生動形象,這就不難喚起一種類比的聯
> 想,從而產生動人心弦的感染力。[10]

在章法結構上,我們看到陰陽不斷地交錯遞進,此內在律動
恰與此詞所呈現之「抑揚起伏和變化」的特色相符,可見此
篇趨於「剛柔相濟」之風是有理可說的。

---

[10] 見《唐宋詞鑑賞集成・劉乃昌評》,頁 720。

◎〈定風波〉 （元豐五年，1082）

莫聽穿林打葉聲，何妨吟嘯且徐行。竹杖芒鞋輕勝馬，誰怕？一蓑煙雨任平生。　　料峭春風吹酒醒，微冷，山頭斜照卻相迎。回首向來蕭瑟處，歸去，也無風雨也無晴。

結構分析表

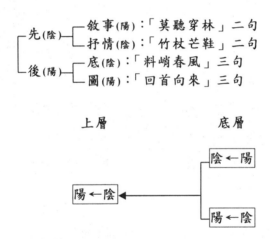

說明

此詞作於神宗元豐五年，時蘇軾至黃州已屆三年。其內容乃抒發遇雨而有感的人生哲理。全詞以時間先後為主軸，上片起筆敘述自己「吟嘯」、「徐行」於穿林打葉的雨聲之中，其後抒發在雨中輕鬆自在、一任平生的襟懷；下片起筆描寫雨後初晴之景，在「料峭春風」、「微冷山頭」之間，作者以「也無風雨也無晴」傳達了「不憂晴喜」的瀟灑自在。結構

表僅分兩層，底層的「敘事（陽）→抒情（陰）」結構是逆向移位，其勢趨於陰柔，而「底（陰）→圖（陽）」結構之順向移位，其勢趨於陽剛，其陰柔的力度仍略大於陽剛之勢；上層為「先（陰）→後（陽）」結構，其順向移位又凸顯了陽剛的力量。比較兩層的陰陽勢力，底層的逆向移位出現力度較大的陰柔之勢，但是同一層的順向移位所產生的陽剛之勢，結合上層所呈現的陽剛，其力度仍略多於陰柔之勢，只是陽剛與陰柔的力量相差不多，整體而言，全篇仍是「剛柔相濟」的風格形式。鄭文焯云：

> 此足徵是翁坦蕩之懷，任天而動，琢句亦瘦逸，能道眼前景，以曲筆直寫胸臆，倚聲能事盡之矣。[11]

所謂「坦蕩之懷」應是全詞情意之主調所展現的是豪放陽剛的情調，而筆法上「以曲筆直寫胸臆」，則又略現陰柔之致，正如陳長明所言：「簡樸中見深意、尋常處生波瀾」[12]，可作為此詞「剛中寓柔」之風格的具體詮釋。

◎〈西江月〉　　（元豐五年，1082）

> 照野彌彌淺浪，橫空隱隱層霄。障泥未解玉驄驕，我欲醉眠芳草。　　可惜一溪風月，莫叫踏破瓊瑤。解鞍欹枕綠楊橋，杜宇一聲春曉。

---

[11] 見鄭文焯《大鶴山人詞話》。收錄於曾棗莊《蘇詞彙評》（成都：四川文藝出版社，2001 年 1 月初版），頁 89。
[12] 見《唐宋詞鑑賞集成・陳長明評》，頁 754。

結構分析表

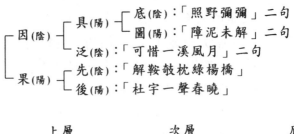

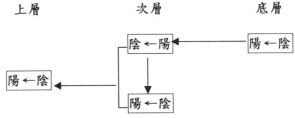

上層　　　　　　次層　　　　　　底層

說明

　　此詞作於蘇軾貶黃州之時，是一首歌詠山水的小詞。上片描寫作者歸途所見，起筆描寫「照野」、「橫空」，帶出遼闊之感，其後在此背景之中，著眼描述自己「醉眠芳草」的心境；下片起筆以「一溪風月」概括上述景致，在此幽美、靜謐的景色之中，興起「解鞍敧枕綠楊橋」的興致，結句透過「杜宇一聲春曉」，不僅拉長了時空，更營造出清新明麗的意境。結構表共分三層，底層為「底（陰）→圖（陽）」結構，其順向移位形成趨於陽剛的力量；次層是「具（陽）→泛（陰）」結構與「先（陰）→後（陽）」結構，其一逆向、一順向的移位作用，凸顯了趨於陰柔的力量；上層為「因（陰）→果（陽）」結構，其逆向移位又形成趨於陽剛的力量。綜觀整體結構表的陰陽進絀，上層的核心結構，結合底層的陽

剛之勢，本應為全篇的風格主調，但是次層所形成的陰柔的
力量又拉回部分的陽剛之勢，使整首詞的風格趨近於「剛柔
相濟」的形式。陳廷焯以為：

> 〈西江月〉一調，易入俚俗，稍不檢點，則流於曲矣。
> 此偏寫得灑落有致。[13]

宋廓評此詞亦云：

> 蘇軾在這首小詞裡，反映他在黃州的曠放生活，表達
> 了他樂觀而豁達的胸襟。寫景之中，，處處有「我」，
> 「我」之情懷，即在景中。天上的月、雲層，地上的
> 溪流、芳草，乃至玉驄的驕姿，杜鵑的啼聲，無不成
> 為塑造「我」的典型性格的憑藉。不論是醉還是醒，
> 是月夜還是春晨，都能「無入而不自得」，隨遇而成
> 趣，逐步展示詩的意境。[14]

從意象營造來說，此詞所展現的「清新明麗」的特色，實具
陰柔之風致，而學者所評「灑落有致」、「樂觀而豁達的胸襟」
則強調此詞所展現的豪放陽剛之氣，可見此詞的風格應是剛
柔兼備的，此正與章法風格所分析的內在條理不謀而合。

◎〈洞仙歌〉　　　（元豐五年，1082）

冰肌玉骨，自清涼無汗。水殿風來暗香滿。繡簾開，

---

[13] 見陳廷焯《詞則・放歌集》，卷一。收錄於曾棗莊《蘇辛詞選》（臺
　　北：三民書局，2000年11月初版），頁74。
[14] 見《唐宋詞鑑賞集成・宋廓評》，頁741-742。

一點明月窺人，人未寢，欹枕釵橫鬢亂。　　起來攜素手，庭戶無聲，時見疏星渡河漢。試問夜如何？夜已三更，金波淡，玉繩低轉。細屈指、西風幾時來？又不道、流年暗中偷換。

結構分析表

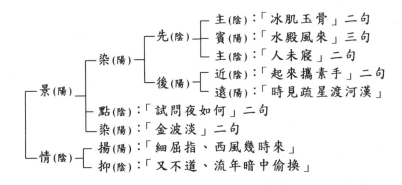

上層　　　　　次層　　　　　三層　　　　　底層

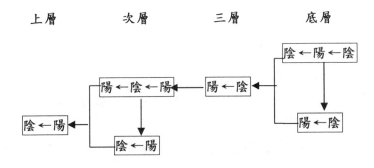

說明

這首詞是蘇軾根據童年所憶，為描寫蜀主孟昶與花蕊夫人生活的作品。起筆描寫美人在盛夏之夜的生活，透過「水殿風來」、「明月窺人」的襯托，展現美人「冰肌玉骨」、「欹

枕釵橫鬢亂」的慵懶神態；下片起筆敘述美人起身之況，並
以「疏星河漢」之遠景，塑造一片幽渺空闊之感；「試問夜
如何？夜已三更」點明了此景此物的時空，其下又以「金波
淡，玉繩低轉」渲染出夜闌人靜、星斗低垂的清幽景致；收
拍則以抒情結尾，既有期待秋風消暑之情，又有「流年暗中
偷換」的擔憂，融出一種悲歡交織、抑揚錯雜的情緒。結構
表的底層有「主（陰）→賓（陽）→主（陰）」結構，其轉
位的作用，凸顯了陰柔的力量，而「近（陰）→遠（陽）」
結構是順向移位，其勢則趨於陽剛，此層轉位作用所形成的
陰柔之勢乃大於順向移位所產生的陽剛之勢；三層是「先
（陰）→後（陽）」結構，其順向移位形成趨於陽剛的力量；
次層的「染（陽）→點（陰）→染（陽）」結構，其轉位作
用形成趨於陽剛的力量，此轉位結構已接近核心結構，故其
陽剛之勢更爲強大，而「揚（陽）→抑（陰）」結構，是逆
向移位，形成趨於陰柔的力量，由於「抑揚」章法的對比質
性，又增強了此陰柔的力量，比較此層兩個結構所呈現的力
量，其轉位作用所形成的陽剛之勢仍略強於逆向移位所形成
的陰柔之勢；上層爲「景（陽）→情（陰）」結構，其逆向
移位形成了趨於陰柔的力量。綜觀整體結構表的陰陽進絀，
上層的「景（陽）→情（陰）」是核心結構，其結合底層的
陰柔之勢，本應成爲全篇風格的主調，但是次層與三層所產
生的陽剛的力量非常強大，以致拉回部分的陰柔之力度，使
全篇陰柔與陽剛的力量非常接近，形成了「剛柔相濟」的風
格形式。李日華《味水軒日記》評云：

> 此詞首語「冰肌玉骨，自清涼無汗」，舊傳蜀花蕊夫
> 人句，後皆坡翁續成之。豪華婉逸，如出一手，亦公

自所得意者。染翰灑灑，想見其軒渠滿志也。[15]

其所謂「豪華婉逸」之風、「軒渠滿志」之情，皆鎔鑄剛柔之氣，與章法風格所分析的內在律動一致。

◎〈滿庭芳〉 （元豐六年，1083）

三十三年，今誰存者，算只君與長江。凜然蒼檜，霜幹苦難雙。聞道司州古縣，雲溪上、竹塢松窗。江南岸，不因送子，寧肯過吾邦？　樅樅。疏雨過，風林舞破，煙蓋雲幢。願持此邀君，一飲空缸。居士先生老矣，真夢裡、相對殘缸。歌舞斷，行人未起，船鼓已逢逢。

結構分析表

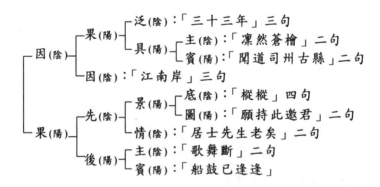

---

[15] 見李日華《味水軒日記》。收錄於曾棗莊《蘇詞彙評》，頁 143。

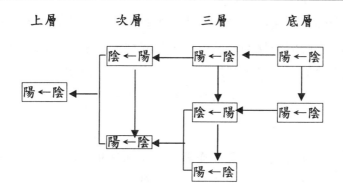

上層　　　　次層　　　　三層　　　　底層

說明

　　蘇軾在黃州，因陳慥（季常）造訪，偶遇王長官者，因作此詞。全詞充滿對王長官的傾慕讚頌之情。上片起筆以「凜然蒼檜」譬喻先生之風節，又透過「雲溪」、「竹塢」、「松窗」之景，襯托出一個歷經滄桑、令人神往的高士形象；「江南岸」三句，點出偶遇先生之因，下片則轉而敘述三人會飲之景況，在「樅樅疏雨」之中，三人一飲空缸，表現酣興淋漓之感與相契之情；收拍轉入送別之場景，其「行人未起，船鼓已逢逢」的景象，不僅表達了相見恨晚之嘆，也夾雜著悵然若失之感。結構表共分四層，底層有「主（陰）→賓（陽）」結構與「底（陰）→圖（陽）」結構，兩者皆為順向移位，其勢則趨於陽剛；三層有「泛（陰）→具（陽）」結構、「景（陽）→情（陰）」結構與「主（陰）→賓（陽）」結構，三者呈現兩順向、一逆向的移位作用，使這一層的陰陽趨近於平衡；次層為「果（陽）→因（陰）」結構與「先（陰）→後（陽）」結構，兩者呈現一逆向、一順向的移位，凸顯趨於陰柔的力量；上層為「因（陰）→果（陽）」結構，其順

向移位形成趨於陽剛的力量。整體而言，上層爲核心結構，其結合底層的陽剛之勢應爲全篇風格的主調，然而次層所凸顯的陰柔之勢又將其拉回中和，再加上三層本已呈現陰陽平衡的狀態，故全篇風格應屬於「剛柔相濟」的形式。鄭文綽云：

> 健句入詞，更奇峰鬱起，此境匪稼軒所能夢到。不事雕琢，字字蒼寒如空巖霜榦，天風吹墮頗黎地上，鏗然作碎玉聲。[16]

此言「健句入詞」、「字字蒼寒」，使全詞展現了陽剛之氣。然此評僅叩得一端，周嘯天評此詞云：

> 全詞將敘事、寫人、寫景、抒情打成一片，景為人設。所敘乃會友之快事，所寫乃一方之奇人，所抒乃曠達之情感。與一般的描寫離合之情懷不同。在用筆上較恣肆，往往幾句敘一意，而語具多義，故又耐人咀含。[17]

其抒發之情雖爲「曠達之情」，但所謂「耐人咀含」，指的是此詞所營造的幽絕意象與相惜嘆惋之情，此則本篇陰柔風致之所在，從章法風格所分析的內在律動來看，確實印證了此詞「剛柔相濟」的特色。

◎〈八聲甘州〉　　　　（元祐六年，1091）

---

[16] 見鄭文綽《大鶴山人詞話》。收錄於曾棗莊《蘇詞彙評》，頁 19。
[17] 見《唐宋詞鑑賞集成‧周嘯天評》，頁 710。

有情風、萬里捲潮來，無情送潮歸。問錢塘江上，西興浦口，幾度斜暉。不用思量今古，俯仰昔人非。誰似東坡老，白首忘機。　　記取西湖西畔，正春山好處，空翠煙霏。算詩人相得，如我與君稀。約他年東還海道，願謝公、雅志莫相違。西州路，不應回首，為我沾衣。

結構分析表

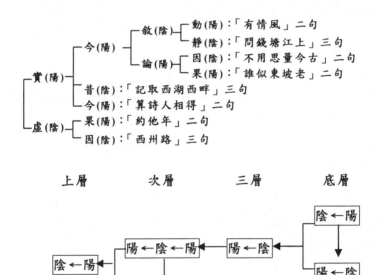

説明

　　此詞約作於哲宗元祐六年（1091），此時蘇軾即將從杭州知州召為翰林學士，當是離行前三日寄贈於參寥所寫。詞

的上片實寫杭州景物，敘事中亦夾有議論；下片仍是寫景，而所記爲他與參寥子昔日在杭州的游賞之事，「算詩人相得」二句又回到當下之景，表達二人相知甚深的友誼；結尾數句虛寫未來，以謝安、羊曇的典故，表達自己超然物外、寄情山水的心願。結構表以「實→虛」結構爲核心，而「今→昔→今」的結構對於整首詞的風格走向影響亦深。底層的「動→靜」結構是「陽→陰」的逆向移位，其形成陰柔的力度大於「因（陰）→果（陽）」結構所形成的陽剛之勢；三層的「敘（陰）→論（陽）」同樣形成了陽剛之氣；次層的「今（陽）→昔（陰）→今（陽）」結構所形成的陽剛之勢極強，其趨於陽剛的力度除了大於「果（陽）→因（陰）」結構所形成的陰柔之勢外，由於居於次層，也間接消弱的上層「實（陽）→虛（陰）」結構的陰柔之氣。總匯整體陽剛與陰柔的成分，全篇所呈現的內在律動雖是陽剛多於陰柔，然核心的「實（陽）→虛（陰）」結構仍具有決定此篇風格的主導地位。清‧陳廷焯所言「寄伊鬱於豪宕，坡老所以爲高」[18]，以及鄭文綽所評「突兀雪山，卷地而來，真似錢塘江上看潮時，添得此老胸中數萬甲兵，是何氣象雄且傑」[19]，皆明白指出這首詞的豪宕之氣。王水照亦云：

> 本篇語言明淨駿快，音調鏗鏘響亮，但反映的心境仍是複雜的：有人生迍邅的抑鬱，有興會高昂的豪宕，更有了悟後的閒逸曠遠。[20]

---

[18] 見陳廷焯《白雨齋詞話》，卷八。收錄於收錄於曾棗莊《蘇詞彙評》，頁 149。

[19] 見鄭文綽《大鶴山人詞話》。收錄於曾棗莊《蘇詞彙評》，頁 149。

[20] 見《唐宋詞鑑賞集成‧王水照評》，頁 794。

以上數家所論，皆以詞的形象、情思論其風格，所涉僅限於實寫部分，而篇尾的虛寫所呈現的陰柔之氣，使全篇趨向於「剛柔相濟」的律動。

◎〈歸朝歡〉　　（哲宗紹聖元年，1094）

我夢扁舟浮震澤，雪浪搖空千頃白。覺來滿眼是廬山，倚天無數開青壁。此生長接淅，與君同是江南客。夢中游、覺來清賞，同作飛梭擲。　　明日西風還挂席，唱我新詞淚沾臆。靈均去後楚山空，灃陽蘭芷無顏色。君才如夢得，武陵更在西南極。《竹枝詞》、莫徭新唱，誰謂古今隔。

結構分析表

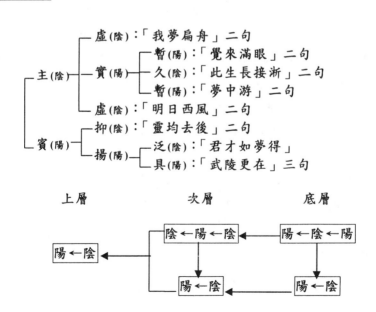

説明

　　哲宗紹聖元年，蘇軾因罪而安置惠州，途經九江之時，因遇故友蘇堅，作此詞以贈之。其內容以抒發離情為主。上片以夢境起筆，描述夢遊太湖之景致；其後「覺來滿眼」二句再轉回現實，描寫眼前廬山之景，帶出幽奇的湖山勝狀；正沈醉於似夢似實的情境當中，作者筆鋒一轉，以「此生長接淅」抒發身世之感，而「夢中游、覺來清賞」二句又敍寫詞人與摯友短暫的清歡；下片起筆虛寫明日揮別情狀，「明日西風」二句，可謂直抒胸臆；收拍藉由屈原的高潔與劉禹錫的詩才，勉勵摯友，表達作者的殷切期望。結構表共分三層，底層有「暫（陽）→久（陰）→暫（陽）」結構，是趨於陽剛之勢的轉位，而「泛（陰）→具（陽）」結構則是趨於陽剛之順向移位，此層明顯呈現了陽剛的力量；次層為「虛（陰）→實（陽）→虛（陰）」結構，其勢因轉位作用而趨於陰柔，而「抑（陰）→揚（陽）」結構則因順向移位作用，產生趨於陽剛的力量此力量因「抑揚」章法之對比質性而變得較強，也直接消弱了「虛（陰）→實（陽）→虛（陰）」結構的陰柔之勢；上層為「主（陰）→賓（陽）」結構，其順向移位又產生趨於陽剛的力量。整體觀之，底層的轉位所產生的陽剛之勢雖然不足以影響全篇的風格，但結合上層核心結構的陽剛之勢，仍可與次層強大的陰柔之勢抗衡；再加上次層陰柔的力度已被消弱，使全篇的陽剛與陰柔的力度趨於平衡，呈現「剛柔相濟」的形式。周篤文、王玉麟評此詞之風格提到：

　　　這首詞橫放而不失空靈，直抒胸臆而又不流於平直，

是一篇獨具匠心的佳作。[21]

所謂「橫放而不失空靈，直抒胸臆而又不流於平直」，正包含了「氣象宏闊」與「空靈幽絕」等兩種藝術特色，直是「剛柔相濟」之風格的另一種詮釋。

結　語

詞的「剛柔相濟」之風格，是指其作品兼具豪放與婉約等兩種格調，就蘇軾來說就是「清峻」的詞風。值得一提的是，我們運用章法風格的理論，將一般學者歸蘇軾〈江城子〉（十年生死兩茫茫）為婉約、〈定風波〉（莫聽穿林打葉聲）為豪放的作品，重新納入「剛柔相濟」的類型，以正視其作品中的另一種動勢力量（陽剛或陰柔），結合學者對東坡詞作的述評，章法風格所分析之「剛柔相濟」的內在律動，實為抽象、直觀的批評提供了更具體的依據。

---

[21] 見《唐宋詞鑑賞集成・周篤文、王玉麟評》，頁 725。

第七章
東坡詞「章法風格」的美感效果

　　「章法風格」的形成，與「多、二、一(0)」結構的關係非常密切，而探討章法風格的美感效果，也必須從「多、二、一(0)」結構的觀念入手。陳滿銘曾說：

> 章法之風格，主要是靠章法結構之「陰陽二元」(徹上徹下)、「移位」(順、逆)與「轉位」(拗)、調和與對比等要素形成，這就關係到章法「多、二、一(0)」的結構，也就是說：一篇之風格(「(0)」)，從下而上地看，是先經由「移位」或「轉位」的作用，帶動多種「陰陽二元」而形成輔助結構(「多」之「二」)，即「二」之多樣，以支撐核心結構(核心「二」)，即「二」(調和或對比)之聯貫，然後統合於主旨或綱領(「一」)，即「二」之統一與和諧，而逐層形成的。因此要探討章法風格的主要美感效果，是離不開「移位與轉位」(「多」)、「調和與對比」(「二」)、「統一與和諧」(「一(0)」)三層的。[1]

可見探討章法風格的美感效果，可以發現其具有「移位」與「轉位」之美、「調和」與「對比」之美、「統一」與「和諧」

---

[1] 見陳滿銘〈論辭章的章法風格〉稿本（2003.2.4 完稿），頁 21。

之美。本章就這幾美感分節論述，試推溯各種美感的淵源，
以探求章法風格之美，並期望從各種美感效果提出辭章風格
（美感）之鑑賞原則。

第一節　東坡詞章法風格的移位與轉位之美

　　章法的「移位」與「轉位」現象，對於章法風格的形成
具有極重要的影響。具體而言，任何文學作品都可以運用
「多、二、一(O)」的邏輯結構來呈現其主旨與風格，其中
的「多」，就是指結構表中除了核心結構之外的所有輔助結
構，而每一輔助結構的移位（順、逆）或轉位（拗）作用，
會產生不同的節奏或韻律，對於整體結構表的內在律動，也
各有不同程度的影響。本節從移位與轉位的美學淵源談起，
進而探討移位、轉位與風格之陽剛、陰柔的關係，期能從移
位與轉位的美感效果，尋出風格（美感）的鑑賞原則，以確
定東坡詞章法風格的移位、轉位之美。

一、移位與轉位的美學淵源：

　　「移位」與「轉位」之美，來自於章法結構的「秩序」
與「變化」[2]。而章法「秩序律」與西方結構主義所強調的「語

---

[2] 仇小屏：「針對『秩序律』而言，其力的變化是『移位』；針對『變
化律』而言，其力的變化就是『轉位』。」參見〈論辭章章法的移位、
轉位及其美感〉，《辭章學論文集》（福州：海潮攝影藝術出版社，2002
年2月一版一刷），頁100。

言秩序」相通;「變化律」又可運用西方解構理論中的「變動」、「跳躍」之概念來詮釋。由此可知,「移位」與「轉位」之美,可溯源於「秩序」與「變化」的宇宙規律,更可以推源於西方哲學中的「結構」與「解構」。

(一) 秩序與變化

就「秩序律」而言,宇宙中的任何事物多具有形成秩序的力量,這種力量亦給人一種美感。早在古希臘時期,畢達哥拉斯學派就強調「數」為一切萬物之本源,透過此一美學核心的闡述,他們更強調「秩序美」與「匀襯美」的重要性。[3] 因此,在後來的美學發展上,就有所謂「反復」(Repetition)與「齊一」(Uniformity)的形式美法則,即為秩序律所形成的美感。歐陽周、顧建華、宋凡聖曾針對這種形式美的特色提出說明,其言:

> 這是一種最常見、最簡單的形式美。它是單一、純淨、重復的,不包含差異和對立的因素,給人一種秩序感。顏色、形體、聲音的一致和重復,就會形成整齊一律的美。……這種形式美給人一種質樸、純淨、明潔和清新的感受,但缺少變化,易流於單調、呆滯。[4]

---

[3] 如早期畢達哥拉斯學派中的菲羅勞斯就曾經將秩序和匀襯建立在美的概念之中,認為秩序和匀襯才是美,才為有用之物。參見《西方美學通史》第一卷,《古希臘羅馬美學》(蔣孔陽主編,上海文藝出版社,1999 年 12 月第 1 版),頁 64。

[4] 見歐陽周、顧建華、宋凡聖《美學新編》(杭州:浙江大學出版社,2001 年 5 月第 1 版九刷),頁 76。

陳雪帆也曾分析說：

> 有這「齊一」形式的時候，我們每會隨著而有一種壯
> 大的意念，當它喚起了我們無限大的思想的時候，無
> 限大的觀念不一定是隨著這齊一的狀態的，但同一東
> 西非常多地重複著時，容易使人沈入無限的思索裡
> 去，卻是實在的。如天高氣清的秋夜裡，仰望星空感
> 有一種壯大的情趣，就大抵是無限的齊一觸發了的。
> 總之，反復的形式雖然簡單，也有不可輕視的價值。[5]

可見「反復」與「齊一」的形式，會形成一種簡單的節奏與
秩序，更容易凸顯「質樸」、「純淨」、「明潔」、「清新」和「壯
大」的美感，這都是在「多」（多樣）的基礎上建立起來的。
章法上的「移位」，無論是順向（如主→賓）或是逆向（如
賓→主），也無論是調和性結構或對比性結構，都可能因為
「反復」與「齊一」而形成簡單的節奏，也同樣會產生「秩
序」的美感。由此可知，章法的「移位」作用與「秩序律」
的關係非常密切，其源於美學上的「反復」與「齊一」的形
式，也是可以被確定的。

　　就「變化律」而言，宇宙中的「變化」，乃是萬物生生
不息、不斷變動的結果。此即《周易·繫辭上》所言「剛柔
相推而生變化。……變化者，進退之象也」。所謂「進退之象」
就是陰陽交迭中「由陰而陽而陰」或「由陽而陰而陽」的過
程，落實在現實的「象」中，即成為天地之變化與四時之更
迭。陳望衡在《中國古典美學史》中進一步闡釋說：

---

5 見陳雪帆《美學概論》（臺北：文鏡文化公司，1984 年 12 月重排出
　版），頁 63。

「象」最大的功能就是能變。……「變」既是空間性
的，表現爲物體位置的變異；又是時間性的。表現爲
時光的線性流程。……這實際上是提出，我們視察是
事物應該有兩種相交叉：空間的―天地（自然、社
會）；時間的―四時（歷史）。[6]

可見「變化」在宇宙的生成規律中是一個很原始的重要概
念，它既與時空交叉，也足以和人類的心理緊密地接軌，成
爲心理學及美學上的一個重要形式。陳雪帆從心理的角度闡
述這種美感形式，他說：

但人類心理卻都愛好富於變化的刺激，大抵喚起意識
須變化，保持意識的覺醒狀態也是需要變化的。若刺
激過於齊一無變化，意識對它便將有了滯鈍、停息的
傾向。在意識的這一根本性質上，反復的形式實有顯
然的弱點。反復到底不外是同一（縱非嚴格的同一，
也是異常的近似）狀態之齊一地刺激著我們的事。反
復過度，意識對於本刺激也便逐漸滯鈍停息起來，有
在不識不知之間，移向那變化有起伏的別一刺激去的
趨勢。

這裡強調人們的心理容易對「齊一」、「反復」的形式產生遲
滯和疲乏，而所謂「移向那變化有起伏的別一刺激去的趨
勢」，則點出「秩序」乃單調之「變化」，而「變化」爲複雜
之「秩序」的概念。邱明正針對人類求變、求異的心態，進
一步提出「求異性探究」的審美心理，他說：

---

[6] 見陳望衡《中國古典美學史》（湖南教育出版社，1998 年 8 月第 1

求異心理在思維中表現為「求異性探究」，即在認識
過程中特別關注事物之間、現象與本質之間、局部與
整體之間、主體與客體之間的差異性、矛盾性、對立
性，從而把握對象的各自特徵和主客體之間的矛盾運
動規律。……求異性探究可以強化刺激，煥發精神，
使生活多色調。人有時會處於精神懈怠狀態，產生一
種虛空感、失落感、孤寂感，乃至精神萎靡，意志消
沈；或者當人被環境所圍，老是集中注意力於某一事
物，聽到某一種聲音，看到某一種形狀、色彩，久而
久之便感覺疲勞，感受性降低，乃至視而不見，聽而
不聞，精神渙散。在這兩種情況之下，人們都需要尋
求新的強刺激，在大腦形成新的興奮灶，用以調節自
己的精神，改變原來的心理狀態，使精神重新振奮起
來。[7]

這裡明確指出人類的審美求異心理具有強化刺激，煥發精神
的作用，同時也細度分析了人類心理對於求變、求異的高度
渴望。可見「變化」不僅是宇宙生成的重要規律，也是審美
心理上的重要形式。章法源自於宇宙規律，亦合乎人類的共
通思維，其「轉位」所呈現的「陰→陽→陰」或「陽→陰→
陽」的結構，正合乎宇宙的「變化」原則，也足以詮釋人類
求變、求異的審美心理。

(二) 結構與解構：

版)，頁 188。

[7] 見邱明正《審美心理學》(上海：復旦大學出版社，1993 年 4 月第 1
版)，頁 104。

　　結構主義與後結構（解構）理論是二十世紀西方美學發展史的重要流派，它們呈現了後現代成形之後「建構→結構→解構→解構之解構→再建構」之邏輯體系。

　　結構主義的出現，對於人類學、心理學以及文學批評等各方面的影響極大。在文學批評方面，它強調文學批評所應有的恆定模式，反對傳統印象派一類的主觀批評；同時也強調文學研究的整體觀，對於文學背後的文化系統極爲重視；最重要的是，他們主張文學批評必須追蹤文學的深層結構，具體而言，結構主義的「結構」一詞，通常是指事物內部的複雜關聯，這種關聯不能被直觀，而是需要透過特定的思考模式來深掘、建構的。美國結構主義文論家克勞迪歐‧居萊恩曾說：

> 文學史也有一種系統或結構化傾向。……在那緩慢而又不停變化的整個文學領域內所存在的一種頑強、深刻的「秩序意志」。[8]

這裡所謂的「秩序意志」，就是文學發展背後的深層結構。我們比較結構主義與章法學的理論，從求同而不求異的角度，發現章法所探索的是辭章情意的深層邏輯，與前述的「深層結構」可以互相闡發；而章法源自於人類思維的共通理則，此與索緒爾所強調的「語言」的共同內在結構，亦有相似的精神內涵。由此可知，章法的「秩序律」所強調的是章法結構之「移位」所產生的具有規律的簡單節奏，這種規律而簡單的節奏符合了秩序美，也符合結構主義所強調「秩序

---

[8]　參見克勞迪歐‧居萊恩《作爲系統的文學》。轉引自《西方美學通史‧二十世紀美學（下）》，頁 47。

意志」的特徵。

　　隨著結構主義理論的逐漸僵化，再加上西方哲學發展中一直存在的「否定理論」、「懷疑真理」的思潮，以及二十世紀七〇年代以後風起雲湧的社會運動，使結構主義瀕臨瓦解，開啓了「後結構思潮」。其中當以「解構理論」爲最重要的部分。關於「解構理論」的特色，朱立元、張德興曾分析說：

> 解構（descontruction）的字根來自「解」、「瓦解」（"to undo"，"decon-stuct"），是德里達從海德格爾的哲學概念 destruktion 發展而來的。「解構」抓住了一個關鍵問題：經典的結構主義所試圖運用的二元對立法體現了一種觀察意識型態特點的方式。意識型態總喜歡在可接受與不可接受之間，以及總總對立之間確立明確的界線，德里達認爲通過「解構」，對立的態勢可以部分地被削弱，或者在分解文本意義的過程中，可以看到對立的兩項在一定程度上互相削弱對方的力量。解構並非證明這種意義的不可能，而是在作品（構）之中，解開、析出意義的力量（解），使一種解釋法或意義不致壓倒群解。[9]

早期解構理論的興起，就是在瓦解結構主義所強調的秩序與規律；而晚近法國學者羅蘭·巴特更企圖消解索緒爾的符號理論，他認爲一般結構主義的「作品」是單數的，而「文本」（text）則爲複數，這種複數的特點導致文本的意義具有不斷游移、流轉、擴散和增值的特性，這些特性也成爲解構理

---

[9] 見朱立元等《西方美學通史·二十世紀美學(下)》，頁 364。

論所強調的重要概念。[10] 解構理論在後期更結合了後現代思潮與女性主義的思維，增強了解構理論中「不確定」、「變動」、「跳躍」的特徵。綜而言之，解構理論強調了宇宙生成中的所具有「變化」原則，表面上是在消解結構主義所強調的秩序，實際上則補足了結構主義理論的缺憾。章法上的「轉位」作用，不僅合乎宇宙中的「變化」原則，其在結構中的往復現象，也屬於解構理論的「變動」特徵。所以，解構理論應是詮釋「轉位」之美的一個重要淵源。

二、移位、轉位的節奏（韻律）與陽剛、陰柔之關係：

關於「節奏」的定義，歐陽周、顧建華、宋凡聖曾明白指出：

> 節奏是一種連續的合規律的週期性變化的運動形式。……世界上沒有一樣事物是沒有節奏的：日出日沒，月圓月缺，寒往暑來，四時代序，這是時間變化上的節奏；日作夜眠，一日三餐，起居有序，有勞有逸，這是人們日常生活上的節奏。人體的呼吸、脈搏、情緒乃至思維，都像生物鐘一樣，是一種有節奏的生命過程。[11]

至於「韻律」，他們又提到：

> 與節奏相聯繫的是韻律。韻律是在節奏的基礎上形成的，但又比節奏的內涵豐富得多，是一種有規律的抑

---

[10] 參見朱立元等《西方美學通史·二十世紀美學（下）》，頁 155。

揚頓挫的變化，表現出一種特有的韻味和情趣。可以
說，節奏是韻律的條件，韻律是節奏的深化。

由此可知，「節奏」與「韻律」都是宇宙創生變化中必然存
在的運動形式，它們會同時出現在一個完整的邏輯個體之
中，只是「節奏」的運動範圍限於局部，而「韻律」則指趨
向於整體的律動。在美感經驗中，凡是外在環境的節奏（或
韻律）與人體的心理或生理的律動相協調時，就會產生愉悅
之感；反之，當外在環境的節奏（或韻律）與人體的心理或
生理的律動不相協調時，就容易產生煩躁之感，這就是節奏
（或韻律）的美感效果。

就文學作品而言，無論是詩歌、散文或是小說、戲曲，
皆是一個獨立的邏輯個體，也必然存在著節奏與韻律，而它
們的節奏與韻律則需藉由章法結構之「移位」、「轉位」的作
用呈現出來。章法的「移位」是一種有秩序、有方向的運動
形式，而「轉位」則是一種具變化特質的運動形式，兩這皆
可產生節奏（或韻律）。我們落到文學作品來說，每一篇文
學作品都可藉由內在邏輯的探索而形成完整的結構表，其底
層結構單元的移位或轉位作用會形成節奏，再往上一層的結
構單元則至少已融合兩個或兩個以上的節奏，呈現出較為繁
複的韻律，其層次愈高，所產生的韻律則包含更多的節奏，
當然就蘊含更多的情趣與韻味，對於辭章整體的律動也影響
愈大。

此外，移位與轉位所產生的「勢」並不相同，故其所形
成的節奏（或韻律）也不一樣。具體而言，章法的「移位」

---

[11] 見歐陽周等《美學新編》，頁 78。

是一種有秩序的反復運動,順向的「陰→陽」移位產生較爲
和緩的「勢」,其節奏(或韻律)也應屬於沈靜和緩的形式;
而逆向的移位則是一種「陽→陰」的逆勢運動,其「勢」則
較爲強烈,所產生的節奏(或韻律)也比較激動;至於章法
的「轉位」作用,是一種具變化特性的往復運動,它結合了
移位之順向與逆向的運動形式,呈現「陰→陽→陰」或「陽
→陰→陽」的模式,由於往復的運動需要更大的力量,故轉
位所產生的節奏(或韻律)也更加強烈激動。從陽剛與陰柔
的角度來判斷,「順向移位」容易凸顯陽剛的節奏(或韻律),
但其節奏是較爲沈靜緩和的,「逆向移位」則容易凸顯陰柔
的節奏(或韻律),且其節奏表現得較爲鼓舞;至於「轉位」
所產生的節奏(或韻律)可能偏於陽剛,亦可能偏於陰柔,
而其力度都是最爲激動鼓舞的。[12]

移位(順、逆)與轉位(拗)因其運動型態的不同,可
以形成不同的節奏(或韻律),而這種節奏(或韻律)又會
造成不同程度的陽剛之美或陰柔之美,可見移位與轉位的美
感效果(多樣之美),在章法風格的整體美感中佔有極重要
的地位。

三、從「移位」與「轉位」論風格(美感)的鑑賞原則

章法結構的移位、轉位會形成各種不同的節奏(韻律),
這些節奏(韻律)或偏於陽剛,或偏於陰柔,或呈現剛柔互
濟的形式,實際上都是辭章之中秩序美與變化美的具體展

---

[12] 關於移位、轉位與節奏的關係,可參閱仇小屛〈論辭章章法的移位、
轉位及其美感〉,《辭章學論文集》,頁 101-110。

現。所以，章法的移位與轉位就成為辭章風格（美感）鑑賞的重要依據。

　　試以東坡詞為例，如〈西江月〉云：

> 世事一場大夢，人生幾度新涼。夜來風葉已鳴廊。看取眉頭鬢上。　　酒賤常嫌客少，月明多被雲妨。中秋誰與共孤光。把酒淒然北望。

　　這是東坡「黃州詞」中的第一首描寫中秋的作品。其「先抒情後寫景」的謀篇形式，與傳統詞作「上片寫景、下片抒情」的模式不同，試分析結構及其移位、轉位的現象如下：

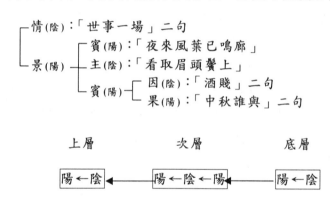

　　我們專就結構之移位、轉位來看，底層是「順向移位」其節奏趨向陽剛，較為沈靜緩和；次層則是「陽→陰→陽」的轉位，其節奏的趨向先是「由陽轉陰」的逆向移位，再「由陰大力拉回陽」，其「拗」的力量非常強大，所以整個轉位運動產生了強烈激動之趨於陽剛的節奏，此一節奏又涵融底層的節奏，形成了繁複的韻律；至於上層又是「陰→陽」的順向移位，其節奏的型態雖與底層相同，卻同時涵融了次層與底層的節奏，其所形成的韻律是更為繁複的。從整體結構

表來看，我們從各層的移位、轉位之作用感受到了節奏（及韻律）的美感，更感受到整體韻律所展現出來的陽剛之美。

又如〈蝶戀花〉云：

> 花褪殘紅青杏小。燕子飛時，綠水人家繞。枝上柳綿吹又少，天涯何處無芳草！　　牆裏鞦韆牆外道。牆外行人，牆裏佳人笑。笑漸不聞聲漸悄，多情卻被無情惱。

這闋詞尚未編年，然從詞的內容可以看出清新嫵媚的風致，是東坡婉約詞的代表作。試分析結構及其移位、轉位現象如下：

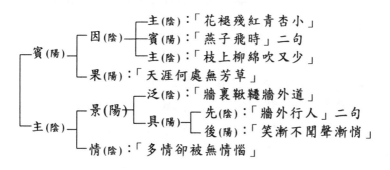

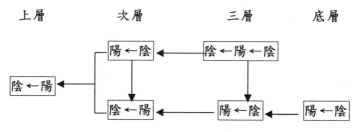

若專就移位轉位的角度來看，除了底層的順向移位是呈現陽剛之氣外，三層的轉位、次層的逆向移位以及上層的逆向移位都凸顯了陰柔之氣的動勢，可見整闋詞的韻律會展現出陰柔的美感，這種陰柔的美感就是藉由逆向移位與趨於陰柔的

轉位所構成的。

　　從東坡實際詞作的論證中，我們以章法的「移位」與「轉位」為依據，確實將辭章的內部律動（節奏或韻律）具體地呈現出來，讓我們不僅可以感受到辭章的秩序美與變化美，更能確認其陽剛或陰柔的風致。所以，藉由章法之「移位」與「轉位」的分析，以見出其秩序與變化的美感，並判定其陽剛或陰柔的風致，確實是辭章風格（美感）鑑賞的重要原則。

第二節　東坡詞章法風格的調和與對比之美

　　在美學上有許多不同的美感形式，而最終可歸結於「調和之美」與「對比之美」兩大類型。從「多、二、一(0)」的結構來看，「調和」與「對比」屬於「二」的範疇，即宇宙中「二元對待」的關係，此與風格中「陽剛」與「陰柔」之二元對待，在本質上有相通之處。本節試圖探討「調和」與「對比」的美學淵源，並進一步聯繫美學之「調和」、「對比」與風格之「陽剛」、「陰柔」的關係，以印證「調和」與「對比」在風格（美感）鑑賞中的重要性。

一、調和與對比的美學淵源：

　　在形式美中，「調和」、「對比」是聯繫「多樣」與「統一」之間的兩個基本型態。它們可以溯源於宇宙生成規律中的「二元對待」模式，在心理學上又合於審美心理之「對立

原則」與「和諧原則」，茲分述這兩大淵源如下。

（一）宇宙生成規律中的「二元對待」：

「多」、「二」、「一（０）」的螺旋結構，本身就反映著宇宙的生成規律，其中的「二」，就是「二元對待」，它既可以徹下統合「多」，又能徹上歸於「一（０）」。[13] 中國哲學對於「二元對待」的論述很多，以《周易》六十四卦爲例，其卦象與卦義處處透露著二元對待的關係。其中屬「異類相應」的二元對待，如：

> 「剛」和「柔」、「樂」與「憂」、「與」和「求」、「起」和「止」、「衰」和「盛」、「時」和「災」、「見」和「伏」、「速」和「久」、「離」和「止」、「外」和「內」、「否」和「泰」、「去故」和「取新」、「多故」和「親寡」、「上」和「下」。

屬於「同類相從」的二元對待如：

> 「止」和「退」、「眾」和「親」、「寡」和「不處」、「不進」和「不親」、「女之終」和「女歸待男行」。[14]

而《老子》一書也談到許多關於二元對待的概念，其中屬「異

---

[13] 參見陳滿銘〈論「多」、「二」、「一（０）」的螺旋結構―以《周易》與《老子》爲考察重心〉，收錄於《章法學綜論》（臺北：萬卷樓，2003 年 6 月），頁 459-506。

[14] 關於「同類相從」與「異類相應」之聯繫的說法，參見戴璉璋《易傳之形成及其思想》（臺北：文津出版社，1997 年 2 月初版二刷），頁 195-196。

類相應」的二元對待,如:

> 「美與醜」、「善與惡」、「有與無」、「難與易」、「長與
> 短」、「高與下」、、「前與後」、「寵與辱」、「曲與直」、
> 「窪與盈」、「敝與新」、「少與多」、「雄與雌」、「有德
> 與無德」、「厚與薄」、「實與華」、「明與昧」、「進與退」、
> 「夷與類」、「巧與拙」、「辯與訥」、「躁與靜」、「寒與
> 熱」。

屬於「同類相從」的二元對待如:

> 「常道與常名」、「無為之事與不言之教」、「不上賢與
> 不貴難得之貨」、「天地不仁與聖人不仁」、「五色與五
> 音、五味」。[15]

上述多樣的二元對待關係,其最終皆可歸於以「陰陽」
為根源的二元對待。如《周易》所云「一陰一陽之謂道」[16]或
《老子》所謂「萬物負陰而抱陽」[17],皆指出陰陽二元對待
的根源性。陳師滿銘曾說:

> 從對待多數的「兩樣」(二)中提煉出源頭的「剛柔」
> (陰陽),而成為「剛柔(陰陽)的統一」(《易傳》),
> 呈現的是「『多』(多樣事物、多樣對待)、『二』(剛
> 柔、陰陽)、『一(0)』(統一)」的過程,這是逐漸由
> 「有象」(委)而追溯到「無象」(源)的,很合於歷

---

[15] 關於《老子》思想中「同類相從」與「異類相應」的論述,可參閱
第三章「章法風格的哲學基礎」的歸納資料。

[16] 見《易·繫辭上》。

[17] 見《老子》第 42 章。

史發展的軌跡。[18]

此又更明確點出「陰陽（剛柔）二元對待」在宇宙生成規律中的關鍵地位。章法既合於宇宙自然的規律，其必然存在著「陰陽（剛柔）二元對待」的關係。以章法類型來說，現存章法中，調和性章法如「賓主法」、「情景法」等，就其自成陰陽的結構而言，是屬於同類相從的二元對待；而對比性章法如「正反法」、「抑揚法」等，其自成陰陽的結構則屬於異類相應的二元對待；至於中性章法如「圖底法」、「今昔法」等，則兼具同類相從與異類相應的特色，以形成其二元對待。由此可知，宇宙中「同類相從」與「異類相應」的對應關係，是章法之「調和」與「對比」的重要淵源。

（二）審美心理之「和諧」原則與「對立」原則：

「審美探究心理」是人類與生俱來的本能，它是人（審美主體）對於審美對象（審美客體）的探究慾望和所作的探索思維活動，基本上可分為「求同心理」與「求異心理」兩大類型。[19]「求同心理」主要根源於「和諧原則」，而「求異心理」則來自「對立原則」。邱明正曾分析「和諧原則」提到：

> 所謂和諧原則就是在矛盾中求得協調一致、和諧統一的原則。具體地說，就是人們審美、創造美時所遵循

---

[18] 見陳滿銘〈論「多」、「二」、「一（０）」的螺旋結構—以《周易》與《老子》為考察重心〉，收錄於《章法學綜論》，頁 493。

[19] 參見邱明正《審美心理學》，頁 95。

的在審美客體之間，客體各要素之間，客體與主體之間以及主體心理要素之間，從差異、矛盾、對立中發現其內在同一性，從而使矛盾雙方趨於協調一致、和諧統一的原則。[20]

任何事物皆有其差異性與矛盾性，而「求同心理」卻是要從這些差異與矛盾之中，尋求其內在的同一性，使矛盾的雙方最後達到「和諧」的狀態，這是人類所共同追求的目標，也是審美心理中最理想的境界。

至於「對立原則」，邱明正也談到：

審美中的對立原則就是矛盾原則、相反原則，又稱「對比原則」、「矛盾的衝動」，是與通常的觀念、情感、行為相對立的原則。……對立原則是審美創造美心理運動中具有極大普遍性的原則，是探求、確立審美客體之間，審美主體與客體之間，主體審美心理要素、功能之間的差異、矛盾、對立又有內在統一性的原則。[21]

審美的「求異心理」就是在凸顯事物之間的差異與矛盾。若從藝術創作的角度來看，我們通常會透過反襯、對偶、烘托的手法來凸顯藝術形象的「動與靜」、「張與弛」，以至於具體的線條的「粗與細」、色彩的「濃與淡」、節奏的「快與慢」等特性，這些特性之間的差異與矛盾，具有突出作品之形象與意境的積極作用。值得一提的是，「對立原則」雖然在探求事物的差異與矛盾，其主要仍是以追求「內在的統一性」

---

[20] 見邱明正《審美心理學》，頁 112。

爲最終目標。

由此可知，我們追求「調和之美」，實源於人類的「求同心理」；而「對比之美」則來自於人類的「求異心理」。求同與求異的審美心理，確實可作爲「調和之美」與「對比之美」的心理基礎。

二、調和、對比與陰柔、陽剛之關係

有關於對比、調和與陽剛、陰柔之間的聯繫，我們在第二章曾有簡略的論述。陳雪帆分析美學上的調和與對比之形式提到：

> 凡是調和的兩件東西，總是互相類似的，並無什麼觸目的變化。所以我們接觸到它時，也就每每覺得它有融洽、優美、鎮靜、深沈等情趣。……對比的形式，因為變化極明顯，每每帶有華美、鮮活、健強及闊達等情趣。[22]

所謂「融洽、優美、鎮靜、深沈」等情趣，我們一般歸之於「陰柔」之美，而「華美、鮮活、健強及闊達」等情趣，則趨近於「陽剛」之美。所以歐陽周、顧建華、宋凡聖等《美學新編》在談論對比與調和時特別強調：

> 多樣與統一，一般表現為兩種基本型態：一是對比，二是調和。對比指的是具有顯著差異的形式因素的對立統一。……這種對立因素的統一，可收到相反相成、相得

---

21 見邱明正《審美心理學》，頁 93-94。

益彰的效果。……由對立因素的統一所造成的形式美，一般屬於陽剛之美。……調和，指的是沒有顯著差異的形式因素之間的對立統一。它只有量的區別，是一種漸變的協調，並不構成強烈的對比。……由非對立因素的統一造成的形式美，一般屬於陰柔之美。[23]

美學上的「調和」與「對比」，以及風格中的「陰柔」與「陽剛」，皆符合宇宙生成之「二元對待」的規律。一般而言，具「調和」質性的事物，通常容易產生「陰柔」的美感，而具有「對比」質性的事物，則容易形成「陽剛」的美感。根據這樣的聯繫，再落實到章法風格來說，「調和性」的章法，通常容易形成「陰柔」的風格，而「對比性」的章法，就比較容易產生「陽剛」的風格。如果我們進一步結合章法之移位、轉位的概念來說，順向移位是以「陰」為基礎而移向「陽」，故其勢趨於「陽剛」；逆向移位則以「陽」為起點而移向「陰」，其勢則趨於「陰柔」；至於轉位結構可能是以「陰」為起點先轉向「陽」，再拗回「陰」，其勢趨於陰柔，也可能是以「陽」為起點先轉向「陰」，再拗回「陽」，其勢則趨於陽剛。無論是陽剛或陰柔，都可能因為「調和性」的章法而使其勢趨弱，因「對比性」的章法使其勢趨強，其造成美感的程度亦有所差別，這是我們在探索章法風格時所不可忽略的重點。

三、從「調和」與「對比」論風格（美感）的鑑賞原則

---

[22] 見陳雪帆《美學概論》，頁 71-72。
[23] 見歐陽周、顧建華、宋凡聖等《美學新編》，頁 81。

　　如第二章的論述，章法類型可分爲「調和性結構」、「對
比性結構」與「中性結構」三種，它們以多樣的「二元對待」
呈現在結構表中，最後歸結於核心結構之「二元對待」，對
於風格的「陰柔」或「陽剛」的趨勢，均有決定性的影響。
所以，在辭章鑑賞的過程中，「調和」與「對比」是必須著
重考慮的兩個要素。試以東坡詞爲例，以說明「調和之美」
與「對比之美」對辭章風格的影響。如〈臨江仙〉云：

> 夜飲東坡醒復醉，歸來仿佛三更。家童鼻息已雷鳴。
> 敲門都不應，倚杖聽江聲。　　　長恨此生非我有，何
> 時忘卻營營。夜闌風靜縠紋平。小舟從此逝，江海寄
> 餘生。

東坡謫居黃州數年，這時期的文學創作每有抒發時不我與之
嘆，然而也因性格之故，亦不乏超曠豁達之作，此篇〈臨江
仙〉即其代表作之一。全詞記敘夜飲東坡之後的所見所感，
上片寫景，敘述夜飲東坡，歸而不得其門，遂倚杖江邊的瀟
灑情境；下片延續「倚杖聽江聲」的情境，進而抒發自己的
身不由己的感嘆與厭倦世俗的落寞，末三句以景結情，表達
自己亟欲寄託於江海的渴望。試分析其結構與移位、轉位之
現象如下：

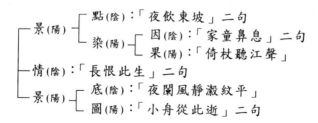

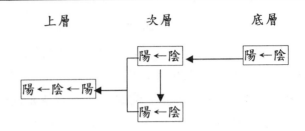

全詞以「景→情→景」為核心結構，其轉位作用本來就已確定了全篇「剛中寓柔」的格調，而值得注意的是次層的「底→圖」結構，其順向移位凸顯了陽剛的力量，從其意象上來看在廣闊平靜、無波無瀾的江面之上，小舟中詞人的心境是起伏難平的，而開闊縹緲的江面又更凸顯了舟船的渺小，故其「底」與「圖」的關係是呈現對比狀態的，因此更增強了陽剛的力度，這對於全篇風格「剛中寓柔」的態勢有更明顯的助益。可見此篇「底→圖」結構之對比性對於風格的影響極大。

再如東坡的〈望江南〉云：

> 春未老，風細柳斜斜。試上超然臺上看，半壕春水一城花。煙雨暗千家。　　寒食後，酒醒卻咨嗟。休對故人思故國，且將新火試新茶。詩酒趁年華。

這是蘇軾謫居黃州時登超然臺的感懷之作。詞的上片寫景，下片抒情，頗符合傳統詞作的模式。試分析其結構表與移位、轉位之現象如下：

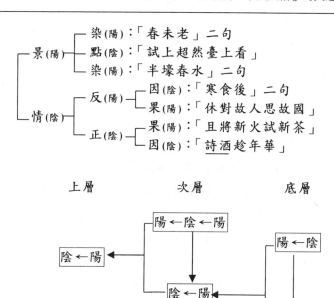

結構表共分三層，每一個結構單元皆為自成陰陽的對待關係。愈上層的結構，力度愈大，影響風格的成分也愈強。底層以「因果」章法形成一順、一逆的移位，由於都是調和性的結構，又居於底層，故其陰陽的力量對於整體風格影響不大；次層的「染→點→染」結構是形成陽剛之勢的轉位，其力度非常強烈，而另一個「反→正」結構不僅是逆向移位，其「對比」質性更增強了陰柔的力度，再加上上層「景→情」結構之逆向移位所形成的陰柔之勢，足以將次層的陽剛之勢拉回。可知次層的「反→正」結構雖不是核心結構，但是其「對比」的質性對於全篇風格趨於「剛柔相濟」是有極大影響的。

上述二首作品的分析，我們結合了「多樣」之移位、轉位的作用，來說明「二元對待」之調和、對比在整體風格鑑

賞中的定位，也確實印證了調和與對比的美感，對風格之陽
剛或陰柔的影響。至此，我們由「多」而「二」的鑑賞脈絡
已逐漸明朗，勢必進一步徹上於「一（０）」，以建立一套完
整的風格（美感）鑑賞原則。吳功正在論述「陰陽二元對待」
之關係時提到：

> 由於陰陽二元作為美學範疇的基因存在，其功能、關
> 係、動性特徵，便規範了中國美學在對立的相摩相蕩
> 中獲得力量和氣勢，使得中國美學範疇的組合、構
> 成，避免了靜態化，而導向動態性。……由一個最簡
> 括的範疇模式：陰陽，繁孵衍化出眾多的美學範疇：
> 言與意、情與景、文與質、濃與淡、奇與正、虛與實、
> 真與假、巧與拙等等，顯示出中國美學的一個顯著特
> 徵：擴散型；又顯示出中國美學的另一個顯著特徵：
> 本源不變性。[24]

這裡明白指出「言與意」、「情與景」、「文與質」、「濃與淡」、
「奇與正」、「虛與實」、「真與假」、「巧與拙」等範疇，皆與
「陰陽二元」有關，同時更指出「陰陽二元」既具有「擴散」
的特質（徹下），亦具有「本源不變性」的特徵。由此可知，
陰柔（調和）與陽剛（對比）在美感鑑賞上是非常重要的，
也凸顯了「陰陽二元」之「二」，在「多」與「一（０）」之
間，具有關鍵聯繫的地位。[25]

---

[24] 見吳功正《中國文學美學》下卷（南京：江蘇教育出版社，2001
年 9 月第 1 版），頁 785。
[25] 關於「陰陽二元」在「多、二、一（０）」結構中的地位，可參見
陳師滿銘《章法學綜論》，頁 365。

第三節　東坡詞章法風格的統一與和諧之美

　　「統一（和諧）」是美感形式中的最高境界，同時也是藝術鑑賞的最終目標。從「多、二、一（０）」的結構來看，統一（和諧）屬於「一（０）」的範疇，它不僅統括了宇宙中的繁多，更是二元對待（調和或對比）在衝突、融通之後所呈現的和諧狀態。本節除了探討統一與和諧的美學淵源之外，更試圖從「多→二→一（０）」的脈絡來確定「統一（和諧）」在整體美感中的地位與價值，以建立一套完整的辭章風格（美感）鑑賞系統。

一、統一與和諧的美學淵源：

　　統一與和諧是人類所追求之最高的美感形式，它既合於宇宙生成規律的「統一原則」，也與美學中所普遍討論之「多樣統一」有密切關係。我們試從哲學與美學的角度，探討統一（和諧）的美學淵源如下。

（一）宇宙生成規律中的「統一」原則：

　　古人對於宇宙中的「統一」原則討論極多，在中國古代中國哲學中，即以「和」與「同」的概念來詮釋宇宙的「統一」原則。

　　在《國語・鄭語》中，曾記載史伯為鄭桓公論周朝興衰，他認為周朝衰弊之因在於周王「去和而取同」，並具體地從

四支、五味、六律、七體、八索、九紀到十數、百體、千品、萬方、億事、兆物、經入（或作京，爲萬兆）、垓極（萬萬兆），體認到事物具備多樣性與多元性的衝突融合。文中又特別指出：「以他平他謂之和，故能豐長而物歸之」。就是這種多樣事物的融突，所以「和」才能豐長萬物；相對地「同」則是無差別的絕對等同，是相同事物的相加，不能產生新的事物，而萬物也就不能繼續發展。[26]

　　後來在《左傳・昭公十二年》也曾記載晏嬰對「和與同異」的論述。他認爲「和」是對立事物的相反相成，「同」則是相同事物的簡單相加或同一；同時又指出「清濁、小大、短長、疾徐、哀樂、剛柔、遲速、高下、出入、周疏」之「相濟」，如此進一步呈現了多樣性中的「對待」關係，形成「二」的雛形。[27]

　　上述關於史伯與晏嬰的說法，均強調「和」是萬物生長的原動力，也是天地萬物變化融通之後的最終歸屬。故後世就有進一步以「中和」之概念來詮釋「統一」的原則，其中最明顯的就是《中庸》的論述。其言：

> 喜怒哀樂之未發謂之中，發而皆中節謂之和。中也者，天下之大本也；和也者，天下之達道也。致中和，天地位焉，萬物育焉。[28]

《中庸》進一步闡發前人對於「和」的詮釋，結合了「中」

---

[26] 參見易中天《新譯國語讀本》（臺北：三民書局，1995 年 11 月初版），頁 707-708。

[27] 參見洪順隆《左傳論評選析新編》（臺北：中國文化大學出版部，1982 年 10 月初版），頁 915。

[28] 見《禮記・中庸》第三十一，（阮元刻十三經注疏本，卷五十二）。

的概念，展現了宇宙「由本而末」的生成脈絡。具體地說，《中庸》以「中」為宇宙混沌之起點，其以性情中的「喜怒哀樂」為喻，就已經指明宇宙原本之「多樣」變化的態勢；以「和」為宇宙生成之終點，用「發而中節」來說明「和」具有融通萬物，以達於統一、和諧的特質。這個「和」，並非停滯或靜止，而是具有不斷創生、不斷長養萬物的無限動力，故其謂「致中和，天地位焉，萬物育焉」可說是結合前人智慧，建構了一個符合宇宙生成規律的哲理。

　　關於「統一」原則的論述，在先秦百家的思想中，仍有更完整的解釋，如《周易》所言：

> 一陰一陽之謂道。(《易‧繫辭上》)
> 窮則變，變則通，通則久。(《易‧繫辭上》)
> 乾坤其易之門邪！乾，陽物也；坤，陰物也。陰陽合德而剛柔有體，以體天地之撰，以通神明之德。(《易‧繫辭下》)

《周易》以「陰陽」為萬事萬物變化之根源，宇宙之源就在其各自的「陰陽」相交、相對與相和之中，變而通之，通而久之，繼而創生萬物，以達道統一（和諧）的境界。如陳望衡所分析的：

> 《周易》中的陰陽理論強調的不是相反事物的對立，而是相反事物的相交、相和。《周易》認為，陰陽相交是生命之源，新生命的產生，不在於陰陽的對立，而在陰陽的交感、統一。[29]

---

[29] 見陳望衡《中國古典美學史》，頁 182。

《周易》所論述的「統一」，不僅涉及多樣事物的變化，其「陰陽二元」的概念，所強調的是一種「對立的統一」的形式，也就是「陰陽（剛柔）相濟」的統一。

又如《老子》所言：

> 道生一，一生二，二生三，三生萬物（第42章）
> 人法地，地法天，天法道，道法自然。（第25章）
> 反者道之動，弱者道之用。天下萬物生於有，有生於無。（第40章）
> 萬物並作，吾以觀其復；夫物芸芸，各復歸其根。（第10章）

綜合這幾章的論述，可見《老子》所說的「道」就是「無」，「一」就是「有」，而「道生一，一生二，二生三，三生萬物」，實已展現宇宙之「（０）一→二→多」的生成脈絡；而在「反者道之動」的原理之下，宇宙萬物又有「各復歸其根」的規律，所以「人法地，地法天，天法道，道法自然」則又呈現了宇宙之「多→二→一(０)」的復歸歷程。在這個周行不殆，循環往復的運動中，「一（０）」代表著宇宙混沌的起點，也代表其生成之終點，更是策動整個宇宙不斷循環的重要力量。陳滿銘認爲，這種宇宙的「多」、「二」、「一(０)」的循環，是一種「螺旋結構」。他說：

> 「（０）一→二→多」與「多→二→一（０）」的順逆向過程之所以能接軌，是由於「反」的作用，而它就是宇宙人生的一個重要規律，所謂「物極必反」，說的就是這種作用。大體說來，這個「反」，就是一切變化的動力，使變化由「相反」而「返回」而「循環」，

形成一個螺旋式歷程。[30]

可見我們在追溯宇宙生成規律的「統一」原則時，不僅要兼顧「多」（秩序與變化）與「二」（聯貫）的規律，更必須提升到「多」、「二」、「一（０）」的螺旋結構來看，才能尋求「一（０）」（統一）的真正特質與定位。

綜上所述，統一與和諧之美確實淵源於宇宙生成規律之「統一」原則，而中國哲學在詮釋「統一」的概念時，首先運用了「和與同異」的觀點，強調宇宙萬物的統一是一種融通衝突、對立等形式而成，具有變化萬物的動力；及至《中庸》、《易傳》及《老子》等思想的出現，更進一步從宇宙整體的生成變化，來詮釋「統一」的定位，具體呈現了一個宏觀、周遍的「多→二→一（０）」結構，並確立「統一」具備了涵融萬物變化與協調對立衝突的力量。

（二）美學中的「多樣統一」（Unity in Varity）：

西方美學從希臘、羅馬時期到文藝復興，以至於後來的啟蒙運動階段，其思想基本上形成了兩大系統，一是主張先驗的理性是客觀世界與人類知識的基礎，另一系統則認為物質是獨立存在，主張一切知識都是從感性經驗開始。前者形成了理性主義，而後者則是經驗主義的主要內涵。[31] 這兩大

---

[30] 陳滿銘曾針對《周易》、《老子》及《中庸》等哲學典籍，分析其「多」、「二」、「一（０）」的螺旋結構。見〈論「多」、「二」、「一（０）」的螺旋結構─以《周易》與《老子》為考察重心〉，收錄於《章法學綜論》，頁 494。以及〈《中庸》「多」、「二」、「一（０）」螺旋結構論〉，收錄於《經學論叢》第三輯，2003.12，頁 214-265。

[31] 參見朱光潛《西方美學史》（臺北：頂淵文化公司，2001 年 6 月初

主義在近代西方美學史上曾有尖銳的爭論與鮮明的對立,直到啓蒙運動的後期,才有學者試圖調和兩者的差異與衝突。

在德國古典美學的發展中,康德(Kant,1724—1804)首先提出了理性主義與經驗主義必須調和的主張,他企圖在「主觀唯心主義」的基礎上,建立一個「先驗綜合」的批判體系,認爲在知(哲學)、情(倫理學)、意(美學)三方面都必須達到理性主義和經驗主義的調和,但實際上,康德的「先驗綜合」表面上雖然是理性與感性並重,其「知」、「情」、「意」等三大批判仍是側重於理性的。[32]

其後席勒(Schiller,1759—1805)在康德思想的基礎上,進一步發展「審美統一」的理論。他認爲,感性衝動的對象叫做「生活」,理性衝動的對象叫做「形象」,而遊戲衝動的對象叫做「活的形象」,也就是「美」。[33] 其所謂「活的形象」,就包含了感性與理性的統一,物質質料(內容)與形象顯現(形式)的統一,客體與主體的統一。他這種透過遊戲衝動及其對象,來達到感性與理性的統一,其實已將兩者統一在客觀的美與藝術之中,相較於康德以「主觀唯心主義」爲基礎所闡釋的「先驗綜合」,席勒則開始向「客觀唯心主義」的方向過渡。[34]

與席勒同時的歌德(J.W.Goethe,1749—1832)又特別強調藝術的完整性。他一方面主張藝術是形式、材料與意

版)下卷,頁4。

[32] 參見朱光潛《西方美學史》下卷,頁6。

[33] 席勒的《論美書簡》第15信提到:「遊戲衝動的對象,還是用一個普通的概念來說明,可以叫做活的形象;這個概念指現象的一切審美的性質,總之,指最廣義的美。」轉引自朱光潛《西方美學史》下卷,頁100。

[34] 參見曹俊峰《西方美學通史》第四卷,《德國古典美學》,頁390-473。

蘊的互相結合、互相滲透，另一方面又闡明「風格」是藝術
的最高成就。他認為，「純然嚴肅」的藝術與「純然遊戲」
的藝術均為片面，真正理想的藝術應是「嚴肅與遊戲的結
合」，而「純然嚴肅」的藝術側重於內容，「純然遊戲」的藝
術側重於形式，「風格」或理想的藝術卻是一個內容與形式
互相結合的整體。朱光潛曾說：

> 歌德的「顯出特徵的整體」說著重從客觀現實與具體
> 事物出發，要求理性與感性的統一，主觀與客觀的統
> 一，自然性與社會性的統一，藝術與自然的統一，內
> 容與形式的統一，以及古典主義與浪漫主義的統一，
> 所以他的文藝思想含有辯證的因素。[35]

這裡點出了歌德所詮釋的「統一」之美是從現實客觀的事物
出發的，他特別強調藝術必須符合人類「單一的雜多」之特
性，其思想比康德、席勒更為明確進步。

　　德國古典美學發展至黑格爾（G.W.F.Hegel，1770—1831）
而達於高峰。黑格爾的哲學思想是一個包羅萬象的「客觀唯
心主義」體系，他根據自己所強調的「絕對精神論」，發展出
一套理念運動的基本規律，即「正、反、合」三階段的辯證
模式。根據這三階段模式，他更進一步發展出「存在（正）
→本質（反）→概念（合）」的邏輯序列、「機械性（正）→
物理性（反）→有機性（合）」的自然規律、以及「主觀精神
（個人意識）→客觀精神（社會制度與意識）→絕對精神」
的精神活動，而邏輯的建構、自然的揚棄以及返回精神層次
的過程，又是「正（概念）→反（否定）→合（否定之否定）」

---

[35] 見朱光潛《西方美學史》下卷，頁 83。

的三階段辯證模式。黑格爾把哲學上絕對精神的抽象把握，化爲藝術美具體形象的實現。他強調「感性與理性」是有機的統一，同時也強調理性對感性有決定作用；再進一步深化，「內容」是理性因素，而「形式」就是感性形象，在藝術美中，「內容與形式」也是有機的統一，而內容決定了形式；他希望美感的統一能夠是「主觀與客觀」的統一，以達到「和悅、靜穆的理想情調和境界」[36]。

黑格爾在理性決定感性的前提之下，將多樣對立的統一發展得最爲完整，而近代的克羅齊（Benedetto Croce，1866—1952）所強調的「直覺」說，重現浪漫主義所謂感性重於理性的觀點，等於是從康德與黑格爾所到達的地方倒退了一大步。[37]而德國古典美學雖然極力克服感性與理性的對立，以追求統一，但是也囿於唯心主義的成見，終究無法認清多樣統一中所謂「二」的定位。

因此近年中國對於西方美學中的「統一」概念，仍只是停留於「多樣統一」的轉述，如楊辛、甘霖所云：

> 「多樣統一」是形式美法則的最高形式，也叫和諧。從單純齊一，對稱平衡到多樣統一，類似一生二、二生三、三生萬物。多樣統一體現了生活、自然界中對立統一的規律，整個宇宙就是一個多樣統一的和諧的整體。「多樣」體現了各個事物的個性的千差萬別，「統一」體現了各個事物的共性或整體聯繫。[38]

---

[36] 參見曹俊峰《西方美學通史》第四卷，《德國古典美學》，頁 670-678。

[37] 參考朱光潛《西方美學史》下卷，頁 300-301。

[38] 見楊辛、甘霖《美學原理》（北京大學出版社，1989 年 2 月第 1 版四刷），頁 161。

又如陳雪帆亦提到：

> 我們覺得美的對象最好一面有著鮮明的統一，同時構
> 成它的要素又是異常的繁多。卻又不是甚麼統一與否
> 定了統一的繁多相並列，而是統一即現在繁多的要素
> 之中的。如此，則所謂有機的統一就成立。能夠「統
> 一為繁多的統一，而繁多又為統一的分化」。既沒有
> 統一之流弊的單調板滯，也沒有繁多之流弊的厭煩與
> 雜亂。所以古來所公認的形式原理，就是所謂「繁多
> 的統一」（Unity in Variety），或譯為多樣的統一，亦
> 稱變化的統一。[39]

其謂「統一為繁多的統一，而繁多又為統一的分化」說明了
「多」與「一」之間的循環互動，也強調「有機的統一」才
是一個充滿循環與生機的規律，但畢竟沒有凸顯「多樣」與
「統一」之間的細部聯結。

陳滿銘以中國「陰陽二元對待」的哲學概念，試圖融入
西方美學「多樣統一」的系統，以形成「（０）一、二、多」
和「多、二、一（０）」的結構，他強調：

> 從多樣的「二元對待」中提煉出「剛柔（陰陽、仁義）」
> 來統合，在「多樣」與「統一」之間，搭起一座「二」
> （二元對待—剛柔、陰陽、仁義）的橋樑，以發揮居間
> 收、散之樞紐作用，並且特別凸顯出「一（０）」的創生
> 原動力，增加了「有理可說」的可能。[40]

---

[39] 見陳雪帆《美學概論》，頁 78。
[40] 見陳滿銘〈論「多」、「二」、「一（０）」的螺旋結構─以《周易》與

在近代西方美學的發展中，對於「統一」概念仍是眾聲喧嘩，莫衷一是；而以中國哲學中雖強調「二元對待」，卻仍沒有提出以「陰陽」爲「二」的概念，來聯繫「多樣」與「統一」，陳師滿銘所提出的「陰陽二元」，或能解決其模糊混淆的灰色地帶。從此結構來看，唯有符合「多、二、一(0)」結構的統一，才是完整而真實的「多樣統一」。

二、統一與和諧的美感效果

根據上述「統一」與「和諧」的淵源探索，我們發現，兼融宇宙多樣、多變（多），並涵蓋各種對立、調和（二）的形式美，才是真正的「統一」之美。

從章法風格「多、二、一(0)」的結構來說，辭章之中每一輔助結構皆自成「陰陽二元對待」的關係，透過移位（秩序）與轉位（變化）的作用，各產生陰柔或陽剛的節奏，此爲「多」；結構表中所有的輔助結構，透過核心結構的統合，最後形成一個最核心的「陰陽二元對待」，以凸顯辭章中最主要的陰柔或陽剛的韻律，此爲「二」；核心結構的「陰陽二元對待」徹上歸於核心之情理（主旨），由核心的主旨統一全篇，此爲「一」，至於「一」中的「(0)」，指的是辭章當中的風格、韻律、氣象、境界等抽象力量，這種抽象力量，又與「剛」（對比）、「柔」（調和）有密切的關係。可見章法風格的「統一與和諧」之美是在「移位與轉位」之美（多），以及「調和與對比」之美的基礎上建構起來的。陳滿銘曾針對章法風格的「統一與和諧」之美分析提到：

《老子》爲考察重心），收錄於《章法學綜論》，頁 506。

「統一與和諧」之美，亦即「（０）」之美，是統合了
「多」、「二」、「一」所形成的；而「多」、「二」、「一」
之美，則依歸了「（０）」而呈現的，這就說明了此種
「多、二、一（０）」結構美與風格美之一體性。[41]

可見章法風格的「統一與和諧」之美，是包含其結構與風格
等範疇的美感效果而成，也印證了美學中「多樣統一」所強
調的「有機統一」與「變化統一」的重要特徵。

　　此外，專就「（０）」來說，它是依屬於辭章中的核心情理
所呈現的抽象力量。以風格來說，就是「陽剛」或「陰柔」的
內在律動。一般而言，凡雄渾、勁健、豪放、壯麗等風格都可
歸入陽剛之類，而含蓄、委曲、淡雅、高遠、飄逸等風格則可
以歸入陰柔類，以姚鼐所提出的「糅而氣有多寡進絀」[42]的理
論來說，辭章之中即混雜了陰柔之氣與陽剛之氣，其比例有
多有少，有消有長，就在剛與柔的「多寡進絀」之間，形成
了各種風格的變化。這些變化多樣的風格落實於辭章當中，
可能不是以單一的形式呈現的，也就是說，具體辭章的風格
可能是偏於「雄渾」，可能是偏於「含蓄」，更可能是兼融「雄
渾」、「豪放」、「含蓄」、「淡雅」等多樣風格於一體。但是無
論其變化如何多樣，最終仍是以「剛」、「柔」為基礎而形成
的「剛中寓柔」、「柔中寓剛」或「剛柔相濟」來統一，這就
是風格的「統一與和諧」之美。由此可知，雄渾、勁健、豪
放、壯麗、含蓄、委曲、淡雅、高遠、飄逸等形式，是風格
中的「多」；「陽剛」與「陰柔」則為風格中的「二」；至於

---

[41] 見陳滿銘《章法學綜論》，頁 365。
[42] 見姚鼐〈復魯絜非書〉，見《惜抱軒文集》，卷六。收錄於《四部叢
刊》影原刊本。

「剛中寓柔」、「柔中寓剛」或「剛柔相濟」的形式，則是風格中的「一（0）」。其基本上仍符合了「多、二、一（0）」的結構，故章法風格可謂涵融了章法與風格之「多、二、一（0）」的脈絡，其所建立的「統一與和諧」之美，不僅合於宇宙自然的規律，更合乎辭章風格的鑑賞原則。

三、從統一與和諧談風格（美感）的鑑賞原則

為建立一套客觀、理性的辭章風格（美感）鑑賞系統，我們不僅談及「統一與和諧」之美，更須從「多、二、一（0）」結構的脈絡，來確立風格（美感）鑑賞的具體原則。茲以東坡詞為例，以梳理出具體的原則如下。

如〈江城子〉云：

> 翠娥羞黛怯人看。掩霜紈。淚偷彈。且盡一尊，收淚聽陽關。漫道帝城天樣遠，天易見，見君難。　　畫堂新刱近孤山。曲闌干。為誰安。飛絮落花，春色屬明年。欲棹小舟尋舊事，無處問，水連天。

這是蘇軾為送別友人陳述古而作。作者藉由歌妓彈淚送別的場景，以及分離之後獨倚闌干、孤舟泛江的設想，形成「先實後虛」的結構，也帶出了幽怨纏綿的離別之情。茲分析其結構與移位、轉位之現象如下：

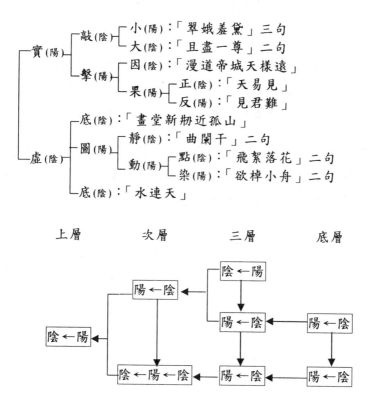

上層　　　　次層　　　　三層　　　　底層

檢視全詞的輔助結構，底層的兩疊順向移位所凸顯的陽剛之勢並不明顯，而三層的三個移位作用又呈現陰陽互濟的態勢，次層的順向移位，其陽剛之力度遠弱於另一個趨於陰柔的轉位，在所有輔助結構的陰陽進絀中，我們可以很明顯地看出「陰柔之氣」佔了極大的優勢。徹上於核心結構，其逆向移位的二元對待又凸顯了陰柔的力量。再配合主旨所表達的「幽怨纏綿的離情」，全詞呈現「柔中寓剛」的韻律是可以被確定的。在這首詞中，我們同樣看到了各個輔助結構所呈現之多樣節奏（陽剛或陰柔），也看到核心結構之二元對待所形成的陰柔之美，故此詞「柔中寓剛」之風格仍是具

備了「多樣統一」的美感。

又如〈南鄉子〉云:

> 晚景落瓊杯,照眼雲山翠作堆。認得岷峨春雪浪,初
> 來,萬頃蒲萄漲淥醅。　　春雨暗陽台,亂灑歌樓濕
> 粉腮。一陣東風來捲地,吹回,落照江天一半開。

這闋詞作於東坡謫居黃州之時,所描寫的正是臨皋春日的黃
昏景色。其描寫臨皋春景運用動靜、虛實及內外場景的筆
法,營造出神奇瑰麗的美感。是分析其結構及移位轉位現象
如下:

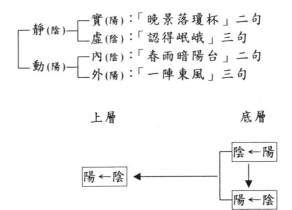

從其移位現象來看,這闋詞的陽剛之勢明顯大於陰柔之勢,
再配合「描寫臨皋開朗清闊之春景」的主旨,可以確定「剛
中寓柔」的風格基調。詞作各層具有移位的陰陽動勢,形成
局部韻律的美感效果,最後又統合出「剛中寓柔」的基本風
格,同樣可以看出其「多樣統一」的美感。

文學的創作是一順向的歷程,我們可以用「(0)一、二、
多」的順向結構來說明辭章創作的軌跡;而文學鑑賞是一種

逆推的功夫，它符合了「多、二、一(0)」逆向結構的脈絡。
辭章風格的分析既是文學鑑賞中的重要一環，最能運用
「多、二、一(0)」的逆向結構來呈現風格的內在邏輯。我
們進一步就「章法風格」的分析來說，其「統一與和諧」之
美(一(0))，應是涵融了「移位與轉位」(秩序與變化、多)
及「調和與對比」(陰陽聯貫、二)的美感，才足以呈現其
完整的風貌。因此，以章法來分析辭章的風格(或美感)，
除了可以兼顧辭章的邏輯思維與形象思維之外，更提供了一
個以「多、二、一(0)」結構爲主軸的風格(美感)鑑賞原
則，這種客觀而具體的原則，可說是在「直覺、主觀之外，
拓展了『有理可說』的無限空間」[43]。

結 語

章法風格在「多、二、一(0)」結構的基礎上，產生了
「移位與轉位」之美、「調和與對比」之美，以及「統一與
和諧」之美。基於這三種章法風格的美感，足以建構一個完
整的審美系統，以作爲辭章風格的鑑賞原則。除此之外，我
們更希望站在至高之處，以逆向的「多、二、一(0)」結構，
還原作者的創作軌跡(「(0)一、二、多」)，使鑑賞更能貼近
作者的創作思維，以確立更準確、更具體的風格評價。

---

[43] 參見陳滿銘《章法學綜論》，頁 328。

第八章 結論

　　任何文學理論的建立，往往歷經時間的磨練與皓首窮經的研究，才可以建構其完整的體系。就「章法學」而言，同樣經歷了這些過程而逐漸呈現其清晰、周延的系統。陳師滿銘曾說：「章法所探討的，爲篇章的邏輯結構，是源自於人類共通之理則，亦即對應於自然規律來說的。所以一般創作者雖日用而不知、習焉而不察，卻很自然地反映在作品之上，而且也很早就受到辭章家的注意，不過他們所看到的都只是其中的幾棵『樹』，而一概不見其『林』。一直到晚近，經過多年努力的探究，才逐漸「集樹成林」，並確定它的原則、範圍和主要內容（含類別與模式），尋得它的哲學基礎和美感效果，建構了一個體系，而形成一個新的學門。」[1]「章法風格」可說是章法學中的一棵樹，即使如此，它仍有無限開展的空間，透過本論文的論證，我們獲得了幾項有價值的成果：

一、聯繫「章法」與「風格」的關係

　　透過對每一種章法的心理基礎與美感效果的探討，我們可以確定，對比性章法（如「正反法」、「抑揚法」）容易形成對比的美感，其反差極大的質性，也直接影響到辭章的陽剛風格；而調和性章法（如「賓主法」、「情景法」）容易形

---

[1] 見陳滿銘《章法學綜論》（臺北：萬卷樓，2003 年 6 月初版），頁 2。

成調和的美感,其沈靜、穩定的的特性,亦與辭章的陰柔之風有密切關聯。透過對風格品類的分析及其哲學基礎的探索,我們不僅確定「陽剛」與「陰柔」的母性風格,更發現章法的「對比」與「調和」,風格的「陽剛」與「陰柔」有其共通的心理基礎與哲學根源。根據這種聯繫,我們可以更深入分析章法的對比或調和,對於辭章之陽剛或陰柔的影響。具體而言,每一種章法結構均可自成「陰陽二元」的對待關係,而對比性的章法結構形成了「陰陽對立」關係,透過移位或轉位的作用,可能增強其陽剛或陰柔的力量;至於調和性章法結構則形成「陰陽調和」的關係,透過移位或轉位的作用所產生的陽剛或陰柔之氣,也較為緩和。可見確立每一種章法之對比或調和的質性,對於辭章風格的陽剛或陰柔有某些程度的影響,而聯繫「章法」與「風格」的關係,對於「章法風格」理論的建立,亦有莫大的幫助。

二、建立「章法風格」的哲學基礎

在瞭解「章法」與「風格」的密切關係之後,我們可以進一步建立「章法風格」的理論基礎。任何文學理論體系的建立必須追溯其合乎宇宙規律的根源,而思辨其哲學內涵則是最佳的途徑。

首先,從宇宙的陰陽規律來確認章法結構的陰陽定位。我們透過中國古代典籍的哲學思辨,並適度引用西方女性主義的理論,確定「陰先於陽」的規律,從而確認章法結構中,「陰→陽」為順向,「陽→陰」為逆向,以作為分析章法之移位與轉位的重要依據。

　　其次，探索章法結構之移位與轉位的哲學基礎，以確認其合乎宇宙自然運行的規律，從而檢視其不同的節奏或韻律。具體而言，順向移位（陰→陽）容易產生趨於陽剛的節奏（韻律），其勢較爲緩和；逆向移位（陽→陰）容易產生趨於陰柔的節奏（韻律），其勢則較爲激盪；至於轉位可能產生趨於陰柔的力量（陰→陽→陰），亦可能產生趨於陽剛的力量（陽→陰→陽），其勢又更爲激盪強烈。這些移位或轉位所形成的陽剛或陰柔的節奏（韻律），對整體辭章風格，有其重大的影響。

　　最後，簡述章法「多、二、一（０）」結構的哲學內涵，以作爲探索風格的重要基礎。具體而言，章法結構中的各個輔助結構，形成其多樣的二元對待（多），最後由核心結構之二元對待來統攝（二），進而徹上於辭章之主旨及其整體的境界或風格（一（０））。

　　透過這三個層次的哲學思辨，我們已爲「章法風格」的理論確立了一個完整而細密的體系。

三、實證「風格量化」在分析辭章上的可行性

　　一個文學理論的建構，除了必須追溯其哲學根源之外，還必須落到實際的文學作品中來印證，如此不斷地循環論證，不斷地修正改進，才能建構具有融通性與開展性的理論體系。就「章法風格」而言，其以「多、二、一（０）」結構爲基礎，運用章法之「移位」、「轉位」的作用與「陰陽二元對待」的特性，分析辭章深層的陰（柔）陽（剛）律動，最後凸顯出整體辭章的章法風格，足以作爲一般抽象評論的具

體依據。此理論落實在辭章之中，大致可分出「剛中寓柔」、「柔中寓剛」及「剛柔相濟」等三種章法風格的類型，透過蘇軾詞與姜夔詞的具體證析，並與學者對兩家詞作的評論互相參證，不僅重新賦予蘇詞及姜詞更新的藝術特色，也證實了以「章法風格」來鑑賞辭章的途徑為可行，也就是在現有「直觀」的風格述評中，增加了客觀而具體的論據，對於辭章鑑賞的助益極大。

事實上，我們將章法風格分為「剛中寓柔」、「柔中寓剛」、「剛柔相濟」等三種類型，只是概括的分法；其實將辭章風格量化，以進一步細分風格的類型，是具有可能性的。[2] 也許，又能運用數學、物理學中的某些理論來印證辭章風格量化的可能性，這都是今後研究章法風格值得深入探討的論題。

四、確立東坡詞「章法風格」的美感效果

辭章風格的鑑賞，離不開其美感效果的探究，而「章法風格」是辭章風格的一環，更具有感染人心的具體力量，形成其特殊的美感。我們仍以「多、二、一(0)」的結構為依據，發現了章法風格具備了「移位與轉位」之美、「調和與對比」之美、「統一與和諧」之美。

章法風格的「移位與轉位」之美，源自於「秩序與變化」的自然規律，同時我們又可以運用「結構與解構」的哲學思辨來詮釋這種美感效果的淵源；「調和與對比」之美，則源

---

[2] 陳滿銘教授已試圖運用「風格量化」來分析辭章，可參見《章法學綜論》，頁 308-328。

自於宇宙之「二元對待」的規律，同時又可以運用審美心理中的「和諧原則」與「對立原則」來探討其心理淵源；「統一與和諧」之美，當然與宇宙生成規律之「統一」原則有密切關係，而觀察西方美學中「多樣統一」之論述的流變，亦有助於我們探索其美學根源。

　　從美學淵源的探究及東坡詞美感效果的分析，我們發現這三種美感是不可分割的，它們同時出現在東坡詞的章法風格之中，以「多、二、一(0)」的結構形式，展現其特殊的美感效果，據此可以擴而充之，建立風格鑑賞的具體原則。

五、從東坡詞風格研析建立辭章風格的鑑賞原則

　　我們以章法「多、二、一(0)」的結構為基礎，建立了章法風格的理論體系，同時也從東坡詞得到印證，而其美感效果的分析，更確立了章法風格的價值。當然，文學理論的建構，其最終目的是希望提供一個具體、有效的原則，以作為文學鑑賞的重要參據。基本上，辭章的鑑賞就是一個「多→二→一(0)」的逆向過程，而章法風格的理論與實際作品的證析，最能符合辭章鑑賞的逆向脈絡，足以提供一個具體客觀的鑑賞原則。也就是說，章法風格運用章法結構的「移位」、「轉位」作用，找出每一結構趨於陽剛或陰柔的節奏（韻律），而核心結構的「移位」或「轉位」所形成的陽剛或陰柔的節奏（韻律），具有統合其他輔助結構之陰陽的功能，可進一步結合辭章之主旨，融合出「剛中寓柔」、「柔中寓剛」或「剛柔相濟」的整體風格。我們在分析每一結構的節奏（韻律）時，又同時可以察見其局部與整體的美感，這對於辭章

風格的見賞亦有莫大的助益。由此可知,「章法風格」的理論,不僅提供了具體的辭章風格（美感）的鑑賞原則,更可以運用其「多、二、一(0)」的結構,逆推作者的創作思維,又更能貼近辭章的真貌。

六、貫串「章法學」與「風格學」的研究通路

「章法」與「風格」分屬辭章學的不同領域,在本質上仍有其相通之處。在「章法風格」的論體系中,我們運用章法的「對比」、「調和」,與風格的「陽剛」、「陰柔」串聯其關係,指出了兩大領域的基本共通性;而運用章法「多、二、一(0)」的結構,又能清楚分析辭章內在的陰陽律動,確立了「以章法來鑑定風格」的具體途徑,也同時搭起了「章法學」與「風格學」的橋樑。

「章法學」在陳滿銘教授及諸位前輩的辛勤耕耘之下,已建立了具備科學精神與哲學思辨的理論系統。[3] 在這個根深柢固、枝榮葉茂的「大樹」之中,「章法風格」雖只是其中的一個枝葉,然通過本論文的分析與論證,希望能開枝散葉,結出豐盛的果實,也深切期望以「章法風格」的研究為起點,深化其更精細的理論,並作為拓展辭章學研究的重要基礎。

---

[3] 鄭頤壽先生云:「臺灣的辭章章法學體系完整、科學,已經具備成『學』的資格。」見〈中華文化沃土,辭章學圃奇葩─讀陳滿銘《章法學新裁》及其相關著作〉,收錄於《海峽兩岸中華傳統文化與現代化研討會論文集》,2002 年 5 月,頁 131-139。又王希杰云:「章法學已經初步形成一門學科,陳滿銘教授初步建立了科學的章法學體系。」見〈章法學門外閑談〉,見《國文天地》(209 期),2002 年 10 月,頁 97。

重要參考書目（以作者姓氏筆劃為序）

一、東坡相關詩、詞、文集、文評

王更生　《蘇軾散文研讀》　臺北：文史哲出版社　2001
年 2 月初版

石聲淮　等　《東坡樂府編年箋注》　臺北：華正書局　1993
年 8 月初版

洪麗玫　《東坡人格與風格的美學研究》　中央大學中文所碩士
論文　2000 年

唐圭璋　等　《唐宋詞鑑賞集成》　臺北：五南圖書公司
2001 年 12 月初版三刷

常國武　《新選宋詞三百首》　北京：人民文學出版社　2000
年 1 月第 1 版

陳滿銘　等　《唐宋詩詞評注》　臺北：文津出版社　1983
年 11 月出版

陳滿銘　《蘇辛詞論稿》　臺北：文津出版社　2003 年 8
月初版

曾棗莊　等　《蘇辛詞選》　臺北：三民書局　2000 年
11 月初版

曾棗莊　《蘇詞彙評》　成都：四川文藝出版社　2000
年 1 月初版

劉曼麗　《東坡詞的風格與技巧研究》　東海大學中文所碩士

論文　1989 年

龍沐勛　《東坡樂府箋》　臺北：商務印書館　1999 年 9
月臺一版 7 刷

二、章法學研究專書

仇小屏　《文章章法論》　臺北：萬卷樓圖書公司　1998
年 11 月初版

仇小屏　《篇章結構類型論》　臺北：萬卷樓圖書公司　2000
年 2 月初版

仇小屏　《古典詩歌時空設計美學》　臺北：文津出版社
2002 年 12 月初版

吳應天　《文章結構學》　北京：中國人民大學　1989 年 8 月
第 1 版二刷

夏薇薇　《辭章賓主法析論》　臺北：文津出版社　2002
年　月初版

陳佳君　《虛實章法析論》　臺北：文津出版社　2002
年　月初版

陳滿銘　《文章結構分析》　臺北：萬卷樓圖書公司　1999
年 5 月初版

陳滿銘　《章法學新裁》　臺北：萬卷樓圖書公司　2001
年 1 月初版

陳滿銘　《章法學論粹》　臺北：萬卷樓圖書公司　2002
年 7 月初版

陳滿銘　《章法學綜論》　臺北：萬卷樓圖書公司　2003

年 6 月初版

鄭頤壽　《辭章學導論》　臺北：萬卷樓圖書公司　**2003**
年 11 月初版

鄭頤壽　《辭章學新論》　臺北：萬卷樓圖書公司　**2004**
年 5 月初版

三、風格研究專書

王明居　《唐詩風格美新探》　濟南：齊魯書社　**1987**
年 6 月第 1 版

朱榮智　《文氣論研究》　臺北：學生書局　**1986** 年 **3**
月初版

吳功正　《文學風格七講》　上海：上海文藝出版社　**1983**
年 3 月 1 版

李伯超　《中國風格學源流》　長沙：岳麓書社　**1998**
年 3 月第 1 版

林淑貞　《詩話論風格》　臺北：文津出版社　**1999** 年 **7**
月初版

周振甫　《文學風格例話》　上海教育出版社　**1989** 年 **7**
月一版一刷

姜岱東　《文學風格概論》　濟南：山東教育出版社　**1996**
年第 1 版

殷光熹　《唐宋名家詞風格流派新探》　昆明：雲南教育
出版社　**1993** 年第 1 版

張德明　《語言風格學》　臺北：麗文文化公司　**1995**
年 10 月初版

黃美鈴 《唐代詩評中風格論之研究》 臺北：文史哲出版社 1982 年 2 月初版

程祥徽 《語言風格初探》 臺北：書林出版社 1991 年 1 月初版

程祥徽 《語言風格學》 桂林：廣西教育出版社 2000 年 8 月第 1 版

詹　鍈 《文心雕龍的風格學》 臺北：正中書局 1994 年 4 月臺初版

楊成鑒 《中國詩詞風格研究》 臺北：洪葉文化公司 1995 年 12 月初版

楊海明 《唐宋詞風格論》 上海社會科學院 1986 年 3 月第 1 版

黎運漢 《漢語風格探索》 北京：商務印書館 1990 年 6 月第 1 版

黎運漢 《漢語風格學》 廣州：廣東教育出版社 2000 年 2 月第 1 版

蔡鐘翔 等 《自然‧雄渾》 北京：中國人民大學出版社 1996 年 10 月第 1 版

蔣伯潛 《體裁與風格》 臺北：世界書局 1971 年 9 月三版

顏瑞芳 等 《風格縱橫談》 臺北：萬卷樓圖書公司 2003 年 2 月初版

四、詩、詞、文評及一般文學理論

木　齋 《唐宋詞流變》 北京：京華出版社 1997 年 7

月第 1 版

王元化 《文心雕龍創作論》 上海古籍出版社 1979
年第 1 版

王國維 《人間詞話》 臺北：三民書局 2000 年 5 月再
版

艾治平 《婉約詞派的流變》 瀋陽：遼寧大學出版社
2000 年 5 月第 1 版二刷

清‧何文煥 《歷代詩話》 北京：中華書局 1981 年 4
月第 1 版

周英雄 《結構主義與中國文學》 臺北：東大圖書公司
1983 年 3 月初版

柯慶明 《境界的再生》 臺北：幼獅文化公司 1977
年 5 月第 1 版

韋勒克等 《文學論——文學研究方法論》 臺北：志文
出版社 1979 年 6 月初版

唐圭璋 《唐宋詞簡釋》 臺北：木鐸出版社 1982 年 3
月初版

唐圭璋 《詞話叢編》 北京：中華書局 1996 年 6 月第
1 版四刷

張春榮 《修辭散步》 臺北：東大圖書公司 1993 年 9
月九版

許琇禎 《台灣當代小說縱論》 臺北：五南圖書公司 2001
年 5 月初版

陳引馳 《女性主義文學批評》 臺北：駱駝出版社 1995
年 7 月一版

陳弘治 《唐五代詞研究》 臺北：文津出版社 1985

年 3 月再版

陳望道　《修辭學發凡》　臺北：文史哲　1989 年 1 月再版

陳滿銘　《詞林散步－唐宋詞結構分析》　臺北：萬卷樓圖書公司　1990 年 1 月初版

清‧陳廷焯　《白雨齋詞話》　上海：上海古籍出版社　1984 年 5 月第 1 版

華諾文學編譯組　《文學理論資料匯編》　臺北：丹青圖書公司　1988 年 10 月再版

曹　冕　《修辭學》　上海：商務印書館　1943 年出版

屠　隆　《鴻苞集》　臺南：莊嚴文化事業公司影印明萬曆三十八年茅元儀刻本　1995 年 9 月初版

費經虞　《雅倫》　臺南：莊嚴文化事業公司影印四庫全書存目叢書　1997 年 6 月初版

黃永武　《字句鍛鍊法》　臺北：商務印書館　1996 年 8 月二版二刷

黃永武　《中國詩學－－設計篇》　臺北：巨流圖書公司　1999 年 9 月初版 12 印

黃慶萱　《修辭學》　臺北：三民書局　2002 年 10 月增訂三版一刷

曾國藩　《評注古文四象》　上海有正書局排印本　1917 年

清、楊倫箋注　《杜詩鏡銓》　臺北：華正書局　1990 年 9 月初版

鄭子瑜　等　《中國修辭學通史》　長春：吉林教育出版社　2001 年 2 月第 1 版二刷

鄭　奠　等　《古漢語修辭學資料彙編》　臺北：明文書局　1984 年 9 月初版

劉揚忠　《唐宋詞流派史》　福州：福建人民出版社　1999 年 2 月第 1 版

謝无量　《詩學指南》　臺北：中華書局　1958 年臺一版

羅蘭‧巴特　《戀人絮語》　臺北：桂冠圖書公司　1991 年 2 月初版

羅蘭‧巴特　《寫作的零度》　臺北：桂冠圖書公司　1998 年 2 月初版

五、經、史、哲學研究專書

方　生　《後結構主義文論》　濟南：山東教育出版社　1999 年 4 月第 1 版

皮亞杰　《結構主義》　上海：商務印書館　1985 年 9 月第 1 版五刷

克莉絲‧維登　《女性主義實踐與後結構主義理論》　臺北：桂冠圖書公司　1997 年 3 月初版

余培林　《老子讀本》　臺北：三民書局　1990 年 11 月九版

漢‧孟喜　《孟喜易章句》　漢學堂叢書　清光緒十九年甘泉黃氏刻本

易中天　《新譯國語讀本》　臺北：三民書局　1995 年 11 月初版

宋‧邵雍　《皇極經世書》　臺北：廣文書局　1988 年 7 月初版

宋・周敦頤　《周子全書》　臺北：武陵出版社　**1990**
年 2 月初版

洪順隆　《左傳論評選析新編》　臺北：中國文化大學出
版部　1982 年 10 月初版）

姜國柱　《中國歷代思想史・先秦卷》　臺北：文津出版
社　1993 年 12 月初版

張立文　《中國哲學邏輯結構論》　北京：中國社會科學
2002 年 1 月第 1 版

張其和　《孫子兵法》　臺北：長榮文化事業部　2001 年 9
月初版二刷

陳　波　《邏輯學是什麼》　臺北：五南圖書公司　2002
年 5 月初版

黃復山　《東漢讖緯學新探》　臺北：學生書局　**2000**
年 2 月初版

黃壽祺　等　《周易譯註》　臺北：頂淵文化公司　**2000**
年 2 月初版

黃慶萱　《周易縱橫談》　臺北：東大圖書公司　**1995**
年 3 月初版

楊大春　《解構理論》　臺北：揚智出版社　**1997** 年 7
月初版四刷

鄔昆如　等　《理則學》　臺北：黎明文化事業公司　**1984**
年 12 月再版

趙安郎　《孫子兵法百戰韜略》　南京：東南大學　1994 年 5
月第 1 版四刷

劉福增　《老子哲學新論》　臺北：東大圖書公司　**1999**
年 3 月初版

劉君祖　撰述　《人物志》　臺北：金楓出版社　1999 年 4
月革新一版

蔡崇名　校注　《新編人物志》　臺北：臺灣古籍出版社
2000 年 11 月初版

賴炎元　《春秋繁露今註今譯》　臺北：台灣商務印書館
1984 年 5 月初版

錢志純　《理則學》　臺北：輔仁大學出版社　1986 年 7
月三版

鍾肇鵬　《讖緯論略》　北：洪葉文化出版公司　1994
年 9 月初版

戴璉璋　《易傳之形成及其思想》　臺北：文津出版社
1997 年 2 月初版二刷

顏澤賢　《現代系統理論》　臺北：遠流出版社　1993
年 8 月初版

羅　青　《什麼是後現代主義》　臺北：學生書局　1993
年 10 月二版

六、美學、心理學研究專書

年 6 月初版

吳功正　《中國文學美學》　南京：江蘇教育出版社　2001
年 9 月第 1 版

李元洛　《詩美學》　臺北：東大圖書公司　1990 年二月
初版

李澤厚　《華夏美學》　天津：天津社會科學院　2001
年 11 月第 1 版

宗白華　《美從何處尋》　臺北：駱駝出版社　1987 年 8
月初版

邱明正　《審美心理學》　上海：復旦大學出版社　1993
年 4 月第 1 版

胡經之　等　《文藝學美學方法論》　北京：北京大學出
版社　1995 年 4 月第 1 版二刷

庫爾特・考夫卡　《格式塔心理學原理》　臺北：昭明出
版社　2000 年 7 月第 1 版

孫敏華　等　《軍事心理學》　臺北：心理出版社　2001
年 11 月初版

郭　因　《中國古典繪畫美學》　臺北：丹青出版社　1986
年 5 月台一版

陳雪帆　《美學概論》　臺北：文鏡文化公司　1984 年
12 月重排出版

陳望衡　《中國古典美學史》　湖南教育出版社　1998
年 8 月第 1 版

張　法　《中西美學與文化精神》　臺北：淑馨出版社　1998
年 10 月初版

張紅雨　《寫作美學》　高雄：麗文文化公司　1996 年
10 月初版

張　涵　《美學大觀》　南人民出版社　1988 年 1 月第
1 版二刷

童慶炳　《中國古代心理詩學與美學》　臺北：萬卷樓圖
書公司　1994 年 8 月初版

童慶炳　《文藝心理學教程》　北京：高等教育出版社
2001 年 7 月第 1 版二刷

葉太平　《中國文學之美學精神》　臺北：水牛出版社
1998 年 7 月初版

楊　辛　等　《美學原理》　北京：北京大學出版社　1989
年 2 月第 1 版四刷

楊曾憲　《審美鑑賞系統模型》　北京：人民文學出版社
1994 年 6 月第 1 版

劉　雨　《寫作心理學》　高雄：麗文文化公司　1995
年 3 月初版

劉思量　《藝術心理學》　臺北：藝術家出版社　1992
年元月二版

蔣孔陽　《美學新論》　北京：人民文學出版社　1995 年 9
月第 1 版二刷

蔣孔陽　等　《西方美學通史》　上海文藝出版社　1999 年
12 月第 1 版

魯道夫・阿恩海姆　《藝術心理學新論》　臺北：商務印
書館　1992 年 12 月台灣初版

錢谷融　等　《文學心理學》　臺北：新學識文教中心
1990 年 9 月台初版

歐陽周　等　《美學新編》　杭州：浙江大學出版社　2001
年 5 月第 1 版九刷

蘇珊・朗格　《情感與形式》　臺北：商鼎文化出版社　1991
年 10 月初版

七、學位論文

張蓓蓓　《漢晉人物品鑒研究》　臺灣大學中文所博士論

文　1984 年

賈元圓　《六朝人物品鑒與文學批評》　東吳大學中文所碩士
　　　　論文　1985 年

蔡英俊　《六朝風格論之理論與實踐探究》　臺灣大學中文
　　　　所碩士論文　1980 年

鄭根亨　《文心雕龍風格論探究》　東吳大學中文所碩士論
　　　　文　1992 年

八、期刊論文

千　華　〈風格的綜合一種可能性——「文心雕龍・體性」
　　　　解讀〉　《北京師大學報》　1995.6　頁 61-67

王力堅　〈理論的剛柔分野與創作的柔美趨歸——論六朝
　　　　文學風格型態〉　《中國國學》　1996.10　頁
　　　　167-181

王希杰　〈章法學門外閒談〉　《國文天地》　2002.10
　　　　頁 97

王志強　〈文學風格的多層次結構〉　《江漢論壇》
　　　　1986.4　頁 41-46

王更生　〈劉勰文心雕龍風格論探析〉　《師大學報》
　　　　第 36 期　1991　頁 139-157

王佑江　〈文學風格的內部結構與外部考察〉　《文學
　　　　評論》　1993.5　頁 159-160

仇小屏　〈談詩文中的「眾寡」結構〉　《國文天地》
　　　　2000.7　頁 79-85

仇小屏　〈論章法的對比與調和之美〉　《修辭論叢》

第四輯　　臺北：洪葉文化公司　　2002.6 初版
頁 118-147。

仇小屛　〈論辭章章法的移位、轉位及其美感〉　　《辭
章學論文集》　　福州：海潮攝影藝術出版社
2002.12 一版一刷　　頁 98-122

毛慧玉　等　〈古代散文理論中「文氣說」的風格美指
向〉　《武漢大學學報》　　1993.2　　頁 114-118

石朝穎　〈美學的顛覆與建構〉　《哲學雜誌》　　1995.01
頁 146-161

包根弟　〈劉熙載「詞概」風格論探析〉　　《輔仁國文
學報》第 17 期　　2001.11　　頁 219-243

朱　捷　〈人品·創作·風格〉　《山西師院學報》　　1980.4
頁 16-20

吳爲章　〈淺談個人風格〉　《安徽大學學報》　　1978.2
頁 40-44

李丕顯　〈藝術格瑣談〉　《文藝研究》　　1982.5　　頁
70-75

李若鶯　〈詞家與詞作風格〉　　《高雄師大學報》第 6
期　　1995　　頁 199-213

易存國　〈中國審美文化中的時間概念〉　　《古今文藝》
2002.2　　頁 49-55

易存國　〈審美文化學新探〉　《古今藝文》　　2002.11
頁 4-24

柯慶明　〈從「亭」、「臺」、「樓」、「閣」說起--論一種另
類的遊觀美學與生命省察〉　　《臺大中文學報》
1999.05　　頁 127-183

姚亞平　〈論漢語修辭的簡潔風格〉　　《修辭學習》

1994.4　頁 9-10

俞元桂　〈劉勰對文章風格的要求〉　《文學遺產增刊》
11 期　頁 43-47

孫耀煜　〈我國古代文學理論中的風格論〉　《文科教
學》　1981.1　頁 64-69

唐松波　〈漢語傳統詩歌的語言風格〉　《修辭學習》
1993.3　頁 88-92

陳　思　〈中國古典風格理論的演進〉　《求索》　1993.3
頁 88-92

陳滿銘　〈論章法的哲學基礎〉　《臺灣師大國文學報》
2002.12　頁 87-126

陳滿銘　〈從意象看辭章之內涵〉　《國文天地》
2003.10　頁 97-103

陳滿銘　〈《中庸》「多」「二」「一（０）」螺旋結構論〉　《經
學論叢》第三輯　2003.12　頁 214-265

張志公　〈詞章學？修辭學？風格學？〉　《中國語文》
1961.8　頁 17-20

張　須　〈「風格」考源〉　《中國語文》　1961.10　頁
95-96

張　涵　〈藝術的風格美〉　《中州學刊》　1985.1　頁
73-77

張美娟　〈「境界」美學意涵新詮釋〉　《鵝湖》　2002.06
頁 45-54

張會恩　等　〈論古代文采風格及其審美價值〉　《湖
南師大學報》　1990.6　頁 87-91

張德林　〈文學評論的個性與風格〉　《文學評論》
1983.6　頁 118-120

程千帆 等 〈蘇軾的風格論〉 《成都大學學報》
1986.1 頁 3-12

彭國元 〈論詞曲風格的互化〉 《衡陽師專學報》
1992.5 頁 104-108

黃廣華 等 〈劉勰論作家的風格〉 《文史哲》
1961.3 頁 63-65

葉 崗 〈文體意識與文學史體例〉 《中國文哲研究
集刊》17 期 2000.09 頁 217-236

葉長海 〈中國藝術虛實論〉 《中國文哲研究所通訊》
1996.9 頁 25-44

詹志禹 〈因果關係與因果推理〉 《政治大學學報》
67 期上冊 1993.10 頁 1-15

楊東籬 〈「意境」與「美的理念」——中西美學理論本
體的比較研究〉 《古今藝文》 2000.08 頁
4-17

楊國蘭 〈由詩品論風格與意境〉 《育達學報》
1999.12 頁 52-61

榮 偉 〈論文藝的風格型態〉 《文藝研究》 1989.3
頁 29-34

廖宏昌 〈古代文論中的「不即不離」說〉 《中山人
文學報》 1997.01 頁 121-135

蔡潤田 〈才性與風格—讀「文心雕龍·體性」〉 《晉
陽學刊》 1985.6 頁 80-84

鄭星雨 等 〈論何為散文的藝術風格〉 《四川大學
學報》 1981.1 頁 56-62

鄭頤壽 〈中華文化沃土,辭章學圃奇葩—讀陳滿銘《章
法學新裁》及其相關著作〉 《海峽兩岸中華

傳統文化與現代化研討會論文集》　　2002.5
頁 131-139　。

樊美筠　〈中國古典美學中的多元論〉　　《中國文化月
刊》　　1997.03　　頁 95-105

穆克宏　〈劉勰的風格論芻議〉　　《福建師大學報》
1980.1　　頁 61-67

蕭　馳　〈中國傳統詩學中的超越與本在:「二十四詩品」
中的一個重要意涵的探討〉　　《中國文哲研究
集刊》第 12 期　　1998.03　　頁 167-204

叢金玉　〈鍾嶸風格理論漫評〉　　《河南師大學報》
1988.3　　頁 43-46

蘇兆富　〈談談文學風格創造的獨特性〉　　《語文月刊》
1991.6　　頁 26-27

嚴雲受　〈略論中國文學的美學風格與發展道路〉　　《文
學遺產》　　1987.5　　頁 1-9

國家圖書館出版品預行編目資料

東坡詞「章法風格」析論／蒲基維著. -- 初
版 -- 臺北市：萬卷樓，2005[民 94]
面；　　公分
參考書目：面
ISBN 957－739－544－9 (平裝)
1. (宋)蘇軾－作品評論

852.4516　　　　　　　　　94021624

東坡詞「章法風格」析論

著　　　者：蒲基維

發　行　人：許素真

出　版　者：萬卷樓圖書股份有限公司

臺北市羅斯福路二段 41 號 6 樓之 3

電話(02)23216565・23952992

傳真(02)23944113

劃撥帳號 15624015

出版登記證：新聞局局版臺業字第 5655 號

網　　　址：http://www.wanjuan.com.tw

E－mail　：wanjuan@tpts5.seed.net.tw

承印廠商：晟齊實業有限公司

定　　　價：240 元

出版日期：2005 年 11 月初版

ISBN 957－739－544－9